MADAMES

Madames

Zukiswa Wanner

tradução
Luciano Cardón
José Sá

ímã

Prólogo 7
Nosizwe, a viciada em moda 12
Rule Britannia 20
E agora sou eu 27
O recrutamento 35
Com status de madame 49
A confrontação 61
Sem amigas 76
A patroa e a empregada 92
Tudo numa boa? 97
Segredos e spas 106
Guns sem roses 117
Depois do inverno 125
A união faz a força? 138
Drama em Woodward Street 143
Tufão do Oriente 154
Renascimento e reconciliação 163
Fantasmas 172
Sobre festejos bêbados 179
Serei eu sua namorada? 190
Vamos lá, Thandi, é o seu aniversário 201
Um prato que se come frio 222
De amor e casamento 230
Epílogo 240
Glossário 243
Notas 245

Prólogo

Eu amo a minha vida.

Eu amo o meu filho de cinco anos, Hintsa, esperto e brincalhão. Eu amo o pai dele, Mandla, meu companheiro inteligente, com sua barriguinha de cerveja.

Eu amo as minhas amigas Nosizwe e Lauren, solidárias, embora às vezes um pouco perdidas.

Eu amo o meu trabalho, com suas vantagens de viagens e o desafio diário de "tentar parecer ocupada". Mas às vezes... há momentos, como agora, em que eu tenho que mandar pro espaço o "Manual não-oficial de como ser mulher" e assumir o que estou: cansada de estar sempre exausta.

Estou cansada de ser uma superempregada no escritório, uma supermãe para o meu filho e uma superamante para o meu homem. Estou cansada porque, se eu mostrar nem que seja um pouquinho que preciso de um tempo para mim, vou sentir que falhei de alguma forma em atingir os padrões de mulher moderna que me impus.

Declaro-me vencida pela minha frenética agenda. Entrego-me a algo a que nunca pensei ceder: vou contratar uma empregada.

Pronto, mãe, falei! Minha falecida mãe deve estar rindo lá no túmulo. Eu a chamei de pretensiosa por ter contratado uma empregada quando eu era criança. Sempre pensei que ter uma empregada era como brincar de ser "madame". Uma mulher deveria ser capaz de cuidar de si e dos seus sem precisar de uma estranha dentro de casa. No entanto, eu não consegui fazer isso sem cair em estresse total.

A *makhulu* está sempre dizendo que nós, as manas, deveríamos estar felizes por vivermos na era da mulher empoderada, na qual podemos fazer o que quisermos. Mas será que podemos mesmo?

Pelo menos no tempo dela os papéis de gênero estavam claramente definidos. O homem ia trabalhar e trazia dinheiro para o aluguel, as contas e as roupas. A mulher cuidava da casa e dos trinta metros quadrados da sua horta.

Claro que, ao contrário de mim, ela não tinha a opção de ter uma carreira ou ser dona de casa. Essa escolha ainda escraviza mais a minha geração, porque ainda esperam que desempenhemos os papéis tradicionais com perfeição. Eu não sei por que a minha *makhulu* disse aquilo, pois nem ela nem minha outra avó materna se ajustam ao "molde" tradicional.

A triste realidade na África do Sul é que minha "mulheridade" ainda é definida pelo quão bem eu sei cozinhar e limpar. Além disso, existe uma crença enraizada de que, se eu escolhesse deixar meu emprego, poderia fazer "outras coisas". Esquecem que eu pago metade da hipoteca! Tenho sorte de o Mandla ser um "homem moderno" que divide as tarefas domésticas e me ajuda a cuidar do Hintsa.

Infelizmente, isso só é verdade quando não está de visita nenhum dos seus parentes ou amigos machistas e zombadores lá do *ekasi*. Quando eles estão presentes, eu tenho que representar meu "papel feminino": cozinhar, limpar e comprar cerveja para os camaradas. Tenho que limpar a cerveja que eles derramaram e sair de vista para ir ler uma história para o Hintsa dormir. Detesto que o Mandla e eu tenhamos que representar esses papéis para um público de quem nem sequer gostamos, mas ele responde: "Não quer que eles digam que você me deu *korobela*, quer?" Francamente, quando já não sinto minhas mãos de tanto cortar legumes, cozinhar e lavar pratos, eu não me importo com o que eles vão pensar! Mas entendo o seu ponto... Porque conheço o nosso povo.

Então visto a minha capa de Supermulher. E como essa capa pode pesar quando um fim de semana tranquilo é interrompido sem cerimônia por esses carnívoros revestidos a teflon, que, se algum dia — Deus nos livre! — estivermos com dificuldades, não prestarão assistência nenhuma. Não quero me estressar demais tentando representar perfeitamente todos os meus papéis a ponto de ser usada como exemplo entre minhas amigas. "Relaxa! Se não, vai acabar como a Thandi."

Daí a empregada. Contratar uma empregada não só me faz sentir muito burguesa, como também me faz sentir que estou explorando outra pessoa. Não tenho problemas em dizer para minha secretária que ela escreve atas como se tivesse abandonado a escola na quarta série, mas a ideia de mandar alguém tirar as manchas das minhas roupas brancas ou de outra mulher mexer nos meus sutiãs... me corrói por dentro.

Uma das minhas manas, Lauren, tentou me convencer de que eu estava mentalmente perturbada por pensar assim. "Nosso país é capitalista, minha querida", disse ela. "E você terá que conviver com a hierarquia. De qualquer forma, logo verá como é bom ter uma empregada no momento em que contratar uma. A minha MaRosie conhece as crianças melhor do que eu. Na verdade, a primeira palavra que meus bebês disseram foi 'Rosie'."

Pessoalmente, não acho que esse seja um motivo muito plausível para arranjar uma empregada. Além disso, não acredito que a Lauren disse aquilo com orgulho. Mas, bem, a Lauren é branca. Na comunidade negra, já seria uma vergonha admitir que a primeira palavra do seu filho foi "Papai", quanto mais que ele disse o nome da empregada antes do seu.

Porém, a minha outra mana, Nosizwe, está prestes a me convencer. Sua desculpa para ter arranjado uma empregada, além de precisar de uma babá para os filhos bastardos do marido, é a elevada taxa de desemprego. Ela diz que está contribuindo para a economia com seu "salário de fome". Isso alivia um pouco a minha consciência. Sendo assim, minha mente de executiva entra em ação, e eu começo a ponderar se um salário de empregada dá direito a dedução de impostos.

"Lamento, senhora. O SARS diz que a senhora não tem direito à dedução de impostos porque ganha demais", informa-me minha sofredora assistente.

"Então quanto eu deveria ganhar para ter direito?"

Ela ri. "Muito menos do que está acostumada."

"Menos do que o seu salário?"

"Muito menos... Parece que tem que estar na faixa dos três mil rands ou menos", responde.

É triste que eu não tenha direito à dedução de impostos, mas é trágico que haja pessoas nessa faixa de rendimentos que precisem de uma empregada. Se minha vida não fosse tão ocupada, eu me candidataria à presidência com o lema “Empregadas Grátis para os Trabalhadores Pobres” — pagas pelo governo, claro.

Portanto, agora que me rendi e vi a necessidade de uma empregada, preciso de um plano de ação.

Perto da minha casa há um centro de recuperação para detentas reabilitadas. Fiz lá alguns trabalhos administrativos como voluntária e ofereço roupas sempre que atualizo meu guarda-roupa. Deve ser o único centro de recuperação com ex-presidiárias vestindo Prada usada apenas uma vez, porque Nosizwe — também conhecida como “viciada em moda” — também faz suas doações lá. Estou pensando em oferecer emprego a uma das “ex-detentas”. Dessa forma, conseguirei a ajuda de que preciso ao mesmo tempo que asseguro um rendimento para alguém com baixa empregabilidade. E minha consciência não será assombrada pela culpa burguesa.

Nosizwe, a viciada em moda

Nosizwe não faz exercícios e come o que lhe dá na telha. Embora não seja abençoada com o rosto xhosa mais bonito, é das poucas pessoas que não possuem o "passaporte xhosa", também conhecido por "bundão". Contudo, tem um físico perfeito em todos os aspectos — seios firmes, bumbum bem tonificado, cintura de dar inveja a qualquer um, coxas sem celulite e pernas longas e elegantes. E, como se isso não bastasse, Siz, como eu a chamo, foi uma das poucas crianças negras sul-africanas da era pré-independência que foram criadas em berço de ouro.

O pai dela era um empresário, e a mãe, uma bela enfermeira vinte anos mais nova, que viu uma oportunidade e soube aproveitá-la. O pai já tinha filhos, a maioria de um outro casamento e alguns de outras aventuras, e teve a sorte de ter nascido e morrido em um tempo em que a AIDS ainda não era conhecida. A magia da mãe era tão poderosa que, quando o pai morreu — Siz tinha cinco anos —, ele deixou em testamento que todo o seu patrimônio pertenceria à jovem e bonita enfermeira. Criou até um fundo de segurança exclusivo para Siz e sua irmã mais nova, Nomalizwe, mais conhecida como Lizwe. Não só o pai de Siz deixou um testamento numa época em que poucos negros o faziam (para não dizer nenhum), mas também naquele tempo as crianças nascidas fora do casamento não podiam reclamar a herança — seria para proteger as crianças brancas de seus meio-irmãos "de cor"? Enfim, Siz, a mãe e a irmã herdaram também vastas ações empresariais do homem.

A primeira esposa não contestou o testamento porque era uma mulher sem instrução e, portanto, desconhecia a lei e os direitos dos filhos. Além disso, se tentasse, teria a maior batalha judicial de sua vida. "Porquê?", você deve estar se perguntando. Teria que conhecer a mãe de Siz para entender. Ela é uma daquelas pessoas que, quando entra e sai de uma sala, deixa todos com a sensação de que um furacão passou por ali. Mesmo hoje, com as filhas já fora de casa e avó do filho de seis anos de Lizwe, suas palavras são lei. *Eish!* Suas palavras são lei para o Mandla, para Lauren, para o marido de Lauren, o Michael, e para mim, e nós nem sequer somos parentes dela.

Mas a mãe de Siz não é apenas um rosto bonito com a força de um furacão. Ela tem inteligência e ambição na mesma medida. Conseguiu transformar um insignificante negócio em Langa numa cadeia de supermercados no Cabo Oriental e Ocidental, mantendo sempre bons contatos com os então banidos partidos políticos sul-africanos, sem parecer uma colaborado. Como se tudo isso não bastasse, seu segundo casamento foi com um dos dirigentes da Frente Democrática Unida, que cumpriu sentença na "Ilha".[1] Com seu talento para os negócios e seus contatos políticos, a mãe de Siz tornou-se uma "mulher influente" após 1991. Quando entrou em jogo o Empoderamento Econômico Negro,[2] todos os branquelos queriam se associar a ela. Atualmente, ela é coproprietária de várias empresas, participa de vários conselhos de administração e é uma multimilionária por mérito próprio.

Infelizmente, como se sabe, pais ricos ou são muito generosos ou muito rigorosos. E a mãe de Siz cabe na primeira categoria em relação à caçula e na última em relação à primogênita. É verdade que ela muniu Siz com uma educação refinada numa escola particular só para meninas na África do Sul, até o ensino médio, e depois a mandou para uma escola particular muito cara no Reino Unido. Em seguida, colocou-a na universidade privada mais cara dos Estados Unidos — especificamente no Havaí, onde Siz e eu nos conhecemos. Mas, com ou sem fundo de segurança, a mãe era rígida com Siz e lhe dava uma mesada magra por semestre, alegando que isso fortaleceria seu senso de responsabilidade. "Afinal de contas, é a primogênita. Espera-se que aprenda sobre responsabilidade", dizia muitas vezes Siz, imitando a mãe após um dos nossos episódios de bebedeira nas noites de cervejas de um dólar. Agora eu rio de barriga cheia quando me lembro das vezes que aquela menina e eu almoçávamos cachorros-quentes rançosos do 7-Eleven.

Da minha parte, eu não podia ajudar muito financeiramente. Eu detestava ligar para casa para pedir dinheiro. Meu pai falaria de algum primo distante que ele tinha ajudado financeiramente e, de alguma maneira, eu acabaria dizendo: "Só liguei para saber como estão." E ali estávamos nós, de bolsos vazios, no Havaí, um lugar que o resto do mundo considerava um paraíso. Paraíso perdido? De fato.

A situação era diferente com Lizwe, sua irmãzinha. Lizwe é claramente a queridinha da mãe. Não precisou trabalhar durante os sete anos em que fez a graduação na universidade em Nova York. É que Lizwe nunca conseguia decidir o que estudar e, assim, tentou Informática, Medicina e, finalmente, quando até a mãe já estava perdendo a paciência, formou-se em Administração de Empresas.

Quando Nosizwe se formou e voltou para casa, teve que bajular e implorar para conseguir um emprego, mas não pediu ajuda à mãe, não querendo lidar com mais uma culpa emocional acerca de "tudo o que fiz por você". Por fim, arranjou um emprego como executiva em uma multinacional francesa em Joanesburgo. Como ela mesma diz: "O fato de eu ser negra foi fundamental, e minha inteligência aparentemente foi apenas um extra. Portanto, sempre terei que provar meu valor àqueles rapazes brancos de terno e gravata." Hoje, ela vive a dois quarteirões de mim, em Lombardy East, porque, como gosto de dizer, ela precisa de mim para lidar com o drama que é a sua vida.

Embora seja uma pessoa muito crítica (tal como a mãe), com um forte senso de certo e errado, Siz nunca foi muito boa em julgar o caráter das pessoas de quem gosta. Isso talvez explique seu casamento. Acho que nossa menina consumiu Soul Food demais porque se casou com um ex-presidiário que a mãe odeia com fervor. Às vezes não tenho certeza se Siz ainda está casada com Vuyo para provocar a mãe ou se é porque ele é um dos homens mais doces, divertidos, encantadores — para não dizer gostosos — que uma mulher pode ter a sorte de namorar.

Ele é também a única pessoa que conhecemos capaz de enfrentar a mãe de Siz. Com seu físico atlético, seu vocabulário sem palavrões e uma personalidade de ursinho de pelúcia, Vuyo pode ser descrito como um cavalheiro-bandido e tem emprego fixo — o que é muito mais do que se pode dizer da maior parte da população masculina negra na África do Sul. Mas há um lado menos positivo em Vuyo, dois lados, para ser exata. O primeiro lado é que ele trouxe como bagagem duas ex-namoradas, mães--fabulosas-de-*loxion*, que não parecem se importar que ele agora seja um homem casado. O segundo é que Vuyo ama seus dois filhos bastardos, e Siz é estéril, por isso detesta os fedelhos.

Vuyo sempre teve muito jeito com as mulheres e, antes de Siz entrar em sua vida, teve essas duas namoradas em Zola, no Soweto. Elas se odiavam e, talvez uma pensando que poderia superar a outra, ambas engravidaram. As duas sirigaitas tiveram meninos e, por despeito, ambas deram o nome de Vuyo aos filhos.

Vuyo ama os seus rapazes, mas, para tristeza das mães, isso não foi motivo suficiente para ele casar-se com uma delas. Pouco depois de ele e Siz juntarem os trapos, as fabulosas-de-*loxion* largaram os bebês na porta de Siz. Ela tolera a presença dos Vuyos 2 e 3, pois, ciumenta como é, prefere ter o seu homem em casa do que vê-lo frequentando a casa das mães dos bastardos.

Apesar dos seus problemas, Siz é certamente uma das amigas mais leais que alguém pode ter. É uma daquelas pessoas que ama e odeia com tanta intensidade que eu me sinto uma sortuda por só conhecer o seu lado amoroso. Isso não quer dizer que a gente se dá bem o tempo todo. Na faculdade, tivemos grandes discussões que quase sempre começavam com ela reclamando do cara com quem estava saindo. Eu, imprudente, dizia para deixá-lo e balançava a cabeça quando ela não o fazia. Hoje sei que é melhor guardar as minhas opiniões para mim, porque ela contava para o cara quando eles voltavam para a fase de lua de mel e eu acabava por ser a culpada de todos os problemas dela.

Admito que a nossa amizade está bem melhor agora que não me intrometo mais.

Siz é viciada em compras e seu guarda-roupa parece uma série de edições da Semana de Moda de Milão. Ela é capaz de viajar até Paris só para comprar roupas. Nunca me dá ouvidos quando lhe digo que não é o vestuário que faz a mulher. Minha filosofia é: "eu não ando por aí com a etiqueta do preço à vista, então por que comprar uma peça que custa quatro mil quando posso comprar vinte peças pelo mesmo valor no Mr. Price?" Uma vez perguntei a ela por que insiste em ir para Londres, Paris e Nova York para comprar roupas de marca, quando as roupas da nossa Sun God'dess são igualmente boas. "Por favor, meninas!", ela diz, revirando os olhos. "Enquanto eu não ouvir a Halle Berry no tapete vermelho do Oscar dizer 'Isso é Sun God'dess', eu não compro. Eu já trabalho no meu país. Isso é ser 'orgulhosamente sul-africana' o suficiente para mim. Vocês e essa sua gente da NEDLAC[3] podem continuar com os *designers* locais."

Tirando seus gastos exorbitantes com roupas, Siz tem uma alma muito generosa e está sempre nos presenteando. Na verdade, sempre que dá uma escapadela para a Europa para fazer compras, traz alguma coisa para nós — foi ela quem me apresentou à minha única fraqueza por marcas: meus pares de Manolos.

Com uma natureza cordial e generosa, Siz teve recentemente um gesto que é típico dela. Ao visitar a terra natal — "terra natal" para mim e para ela é qualquer lugar no Cabo Oriental — trouxe de Zwelitsha uma prima de terceiro grau, sem meios de sustento e com três crianças, para viver com ela e ajudá-la a cuidar dos enteados. Siz chegou a inscrever essa prima distante, chamada Pertunia, em um curso semanal totalmente pago por ela. Aos sábados, ela deixa Pertunia no curso e, mais tarde, vai buscá-la, passando o dia com os enteados cuja existência ela detesta — um verdadeiro sacrifício. Considerando que Pertunia é uma parente bem distante — elas só compartilham o mesmo sobrenome —, é realmente um gesto louvável por parte de Siz.

Lauren chegou a questioná-la: "Sinceramente, Siz, arranjar uma empregada e dar-lhe uma boa formação numa outra área não anula o propósito de contratar alguém? Justamente quando ela começar a se acostumar com as tuas manias, vai te dizer que está indo embora. *Helloo!*"

Concordo com Lauren nesse ponto, mas Siz não se convenceu. Ela simplesmente ergueu a mão na frente do nosso rosto e disse: "Podem falar com a mão porque eu não dou ouvidos."

Essa consciência social dela é admirável, mas até a mãe de Siz, a "Madame Negatividade", lhe disse que ela se arrependeria porque "os negros sempre mordem a mão que os alimenta". Nosizwe respondeu que, se os estômagos da pretalhada estivessem cheios, ela se daria por satisfeita. Mas disse isso só para mim, porque dizer isso à mãe resultaria em uma daquelas pragas maternas absurdas que afetam o psicológico de uma pessoa de tal forma que, cada vez que algo lhe dá errado, ela se lembra da maldição.

Felizmente, Nosizwe é a madrinha oficial do meu filho. Embora nem Mandla nem eu sejamos religiosos, ambos fomos criados por mães católicas convictas. Acontece que, cerca de um mês depois de Hintsa ter nascido, levei-o a Soweto para conhecer a avó. Ela me convidou a ir para a sala de visitas, disse para eu me sentar e, com ares de sogra que tem uma coisa séria para falar, perguntou quando foi a última vez que pisei numa igreja.

Acontece que eu não vou à igreja desde os dezesseis anos. Mandla e eu nos casamos no cartório e evitamos até mesmo funerais devido à nossa aversão às religiões institucionais. Portanto, tive que mentir, dizendo que tinha ido há algumas semanas. Ela deu aquele sorriso de sogra que sabe que você está mentindo mas finge que não e, descaradamente, mandou-me batizar a criança.

Isso nos obrigou a ir à missa regularmente e a fazer contribuições à igreja para que Mandla e eu parecêssemos devotos perante a congregação. Mas não me importei tanto quanto pensei que me importaria. Mandla e eu vimos o lado positivo de tudo aquilo: educação católica. Ambos tendo se beneficiado dela, concordamos que uma educação católica é provavelmente a melhor arma que se pode dar a uma criança, apesar das coisas ruins que têm sido faladas sobre a Igreja nos últimos anos.

Assim, o menino foi batizado. Siz serviu como madrinha, e aquela foi a última vez que Mandla, a madrinha de Hintsa e eu pusemos os pés em uma igreja. Quando o padre nos pediu para afirmarmos nossa fé jurando criar a criança como católica e prometendo "derrotar Satanás e todas as suas obras", nenhum de nós se sentiu culpado por responder "sim". Creio que, caso a culpa nos atormente mais tarde, iremos todos à confissão e diremos umas tantas Ave Marias. Para Siz, ser madrinha do meu filho não significa mais do que lhe comprar um presente sempre que faz uma viagem de negócios à França. Mas isso é entre Siz e o seu afilhado.

Rule Britannia

Se Nosizwe foi criada em um berço de ouro, decorado com miçangas, Lauren foi criada em um berço de pau. Seu pai, de velha linhagem imperial britânica, herdou um vinhedo em Stellenbosch e, ao fim de cinco anos de casamento com a mãe de Lauren, bebera todos os rendimentos. A má administração da propriedade foi tão devastadora que tiveram que vendê-la a um africâner novo-rico.

Não querendo privar um homem branco de trabalho — e talvez para evitar algumas irritações anglo-boers — o fazendeiro africâner atribuiu ao pai de Lauren um posto de gestão na propriedade que inicialmente lhe pertencera, e Lauren cresceu como uma anglo *plaasmeisie* sem campo. Aparentemente, a mãe nunca perdoou o pai por tê-las arrastado para a pobreza, e Lauren cresceu com uma mãe que se lamentava de como as coisas poderiam ter sido diferentes e um pai que bebia demais e, em seguida, espancava a mulher por ela "culpá-lo" pela infeliz situação de todos.

Lauren frequentou a escola com os filhos dos fazendeiros e, quando terminou os estudos secundários, conseguiu uma bolsa para a Universidade de Witwatersrand e nunca mais olhou para trás.

"Sabe, Thandi, quando deixei Stellenbosch, jurei que nunca mais voltaria", confidenciou-me certa vez. "Nem mesmo ao funeral do meu pai, quando ele morrer. O homem é um filho da mãe. Não o odeio apenas por beber e bater na minha mãe; não consigo esquecer que ele gastou o meu fundo de segurança, e eu tive que pedir uma bolsa para a universidade."

Pode ser um sinal do seu Complexo de Electra (obrigada, Dr. Freud, embora eu não compreenda muito bem os motivos que a levariam a querer "possuir" o pai), pois Lauren acabou se casando com um homem que também tende a abusar um pouco da bebida. Felizmente para Lauren, Michael, seu marido, é um carneirinho. Tirando os momentos de possessividade e autoritarismo quando está bêbado, ele é uma criança carente diante da grande figura materna que é Lauren.

Quando a conheci, Lauren me contou que, para escapar ao drama dos abusos, a mãe frequentemente dizia que nas veias delas corria sangue real britânico — fosse qual fosse a cor do sangue naquela monarquia consanguínea. Foi assim que começou a paixão de Lauren pela Família Real e pelos *souvenirs* da realeza. Uma paixão que ela agora partilha com outra monarca que age como se descendesse de linhagem aristocrática africana: a mãe de Nosizwe.

Como se sua anglofilia não fosse suficientemente esdrúxula, Lauren a tornou ainda mais hilária. Ainda na semana passada, ela se gabava para Siz e para mim dizendo ter inscrito sua filha mais velha, Elizabeth (sim, em homenagem à outra Liz mais famosa), em aulas de língua sotho. Eu e Siz ficamos perplexas.

"Talvez seja sua tentativa de Empoderamento Cultural Branco", sugeriu Siz. "Se os brancos entenderem o que os nativos falam, poderão manter-se à frente do barco do Empoderamento Econômico Negro."

"Para vocês duas, tudo é sempre uma questão de pretos e brancos, não é?" troçou Lauren. "Para sua informação, matriculei-a porque o Príncipe Harry visita sempre Lesoto e quem sabe... Ela está quase uma adolescente. Se ela souber falar sotho bem o suficiente, ser intérprete pode ser um meio de ela retornar às nossas raízes de realeza."

Siz e eu ficamos boquiabertas. Aquilo era muito melhor que o "Empoderamento Cultural Branco". Dito isso, nada jamais é preto e branco neste país e, por mais que Lauren se gabe de seu passado aristocrático, ela está igualmente ciente de sua africanidade. Ela tenta constantemente "provar" que somos todos imigrantes na África do Sul e, por isso, todos somos africanos por igual. Isso geralmente conduz a hilariantes debates entre ela e Siz. Nosizwe argumenta que em todos os formulários de todas as instituições pós-apartheid onde esteve, viu sempre a questão da raça dividida por africano, mestiço, branco ou asiático. Se os brancos são africanos, como o sistema do apartheid gostava de insistir, por que não estão fazendo tanto barulho sobre a classificação racial nos formulários das instituições como fazem com o uso do africâner em instituições públicas ou do Empoderamento Econômico Negro? Nessa hora, geralmente, Lauren fica sem saber o que dizer e aproveita a ocasião para criticar Mugabe.[4] Curiosamente, ela nunca esteve no Zimbabwe.

Docente de Inglês na Universidade de Witwatersand, Lauren ama o conhecimento e as crianças — não necessariamente nesta ordem. Por isso, não se espante se eu lhe disser que, aos trinta e dois anos, Lauren ainda estuda, desta vez para o doutorado em Literatura Inglesa. Ela também tem procriado desde que casou com Michael logo após a graduação, aos vinte e um anos. Com quatro filhos biológicos e centenas de estudantes universitários, Lauren raramente se arruma e anda sempre vestida de shorts caqui e uma camisa de Michael. Embora adore crianças, não entendo por que teve quatro. Quando está lendo um bom livro (o que é muito mais frequente do que você possa imaginar), rejeita inteiramente suas responsabilidades maternas, entregando as crianças para a empregada, MaRosie. Isso talvez explique o motivo pelo qual os dois últimos filhos aprenderam a pronunciar "Rosie" antes de "mamãe". "Quando são bonzinhos, são meus", gosta de brincar. "Quando são barulhentos, são da MaRosie."

Conheci Lauren quando eu e minha família nos mudamos para a casa ao lado da dela. Ao dar-me conta de que não tinha açúcar para aquele refrescante chá que uma pessoa precisa tomar depois de desfazer as malas e notando que estava cercada de brancos na minha nova vizinhança, experimentei tocar a campainha do portão dela. Dos meus dois vizinhos, ela parecia a menos intimidante e mais liberal. Minha avaliação estava correta. Ela e Michael nos convidaram para entrar, e Michael e Mandla rapidamente começaram a compartilhar algumas cervejas. Por sua vez, meu filho, Hintsa, tornou-se rapidamente "um verdadeiro irmão" para Junior, Elizabeth, Charles e Diana. Lauren e eu nos entendemos às mil maravilhas e, logo, ela se tornou o terceiro membro do Duo Maravilha que era composto por mim e por Siz.

No entanto, Lauren tem uma falha grave que é seu racismo inerente. Ela diz (ou prefere dizer) que não percebe, mas Siz e eu nos damos conta disso pela forma como trata a empregada. Era de se esperar que uma pessoa progressista de uma instituição de ensino superior progressista não teria as mesmas manias de outros brancos da elite suburbana, mas não. Ela nos diz que "ama todo mundo". Dá sempre dinheiro a mendigos alcoólatras brancos, que ficam nos semáforos empunhando cartazes com dizeres como "Quatro filhos todos desempregados por causa do EEN"; "Esposa falecida e fazenda tomada pelo governo de Mugabe", mas trata com desconfiança gente negra pobre, trabalhadora e simples. Lembro-me de uma vez em que ela quase demitiu MaRosie porque não encontrava um par de sapatos. Depois de dias acusando a empregada, ela achou o par no banco de trás do carro.

Seria de se pensar que, sendo MaRosie tão boa para os filhos dela, Lauren a respeitaria como sua igual, mas, infelizmente, não... E isso me incomoda.

Por eu ser vizinha de Lauren, mais do que Siz ou qualquer outra pessoa, vejo como ela trata MaRosie. É sempre um incômodo ver uma pessoa mais velha que minha mãe sendo tratada com tanto desprezo por outra que, graças a Deus, não é da mesma raça e nem sua filha. A pobre Rosie, que Lauren considera "parte da família" —uma parente pobre talvez? — tem que acordar às quatro e meia da manhã para passar a roupa de todo mundo antes de eles irem para o trabalho ou para a escola, porque Lauren insiste que as roupas devem estar "passadas de fresco". Depois, Rosie tem que preparar o café da manhã. Mesmo nesta era repleta de cereais matinais, Lauren insiste que Rosie prepare um café inglês completo todos os dias da semana.

"Sabe, o café da manhã é a refeição mais importante do dia", justifica-se quando questiono sobre esse hábito curioso. Não me surpreende que Lauren e seus bebês sejam todos bem-dotados em volume.

Por causa do peso de Lauren, eu gosto de ir comprar roupas com ela, porque pela primeira vez tenho uma amiga maior do que eu, a quem posso perguntar "pareço gorda com isso?" mesmo quando sei que estou bem. Muitas vezes penso que talvez Lauren trate MaRosie desse jeito só para se sentir bem consigo mesma. "Sou branca. Tenho um bom emprego. Eu pago. Não me venha com problemas" parece ser a sua atitude.

Mas, quando vejo a relação de Lauren com MaRosie, fico me perguntando se ela é realmente racista ou se sou eu que sou muito sensível em relação à questão racial. Não seria ela simplesmente classista? Lauren e a mãe de Siz passam horas no telefone entre East London e Joanesburgo sem outro motivo aparente a não ser compartilhar confidências sobre o mais recente escândalo ou traje real. Em privado, eu e Siz costumamos imitá-las.

Siz imita a mãe: "Você não vai acreditar! Acabo de descobrir que a Rainha Elizabeth e eu não só compartilhamos o mesmo desagrado por gente que se comporta de maneira vulgar, como também o mesmo dia de aniversário."

Eu imito Lauren: "Eu sei. Esqueci de te dizer que quando li a biografia oficial, percebi que ela também nasceu no dia 21 de abril. Talvez seja por isso que a Ma seja uma pessoa tão forte... E sempre com as cores combinando tal como a Rainha. Mas devo dizer que mesmo quando chegar à idade dela, a Ma continuará com melhor aparência. Sabia que nós somos da mesma família? O primo da minha mãe foi casado com o primo afastado de segundo grau da Rainha."

E Siz, fingindo ser a mãe: "Claro, minha querida, mas voltemos a mim. Minha menina, você sabe que Deus não falhou comigo em termos de beleza. Na verdade, talvez devêssemos tentar conhecer a Rainha e dar-lhe alguns conselhos sobre moda. Acho que você e eu deveríamos ir à Exposição de Flores de Chelsea no próximo mês."

Eu continuo imitando Lauren: "Estava mesmo pensando nisso. Deve haver por lá alguns americanos a quem podemos ensinar umas coisinhas sobre cultura."

Siz, como a mãe: "É verdade, minha filha. Você tem razão. Sempre tem razão, minha querida. E é uma genuína leoa! Por que Nosizwe e Thandi não se parecem mais com você?"

Eu e Nosizwe demos a Lauren e a mãe dela a alcunha de OBI — Odiosas Beldades do Império.

E agora sou eu

E agora sou eu. Gosto de pensar que me deram o nome de Thandi[5] por causa do grande amor que meus pais tinham um pelo outro. Não fui criada nem em berço de ouro nem em berço de pau. Sou uma sul-africana comum — embora Siz e Lauren afirmem que eu nunca serei tão sul-africana quanto elas e que, com a minha imensa experiência global, estou longe de ser comum. (Apesar de que, quando me descrevo como "uma sul-africana comum", estou falando no contexto de a África do Sul ser um país de rendimento médio em termos de desenvolvimento, e eu ser uma pessoa da classe média; o que me torna uma cidadã comum). Mas, depois de lavar a roupa suja das minhas amigas, vou contar a versão tendenciosa da minha própria história. Começa assim:

Meu pai e minha mãe eram chamados de "pessoas de cor" — seja lá qual fosse a tal cor — na era do apartheid e ainda hoje nos dias pós-apartheid. Ambos eram politicamente ativos, aderiram ao Congresso Nacional Africano e cruzaram a fronteira quando outros "de cor" estavam muito gratos por, apesar das dificuldades no regime de apartheid, serem melhor tratados do que (para usar a terminologia desse lado sombrio da história de nossa nação) os "cafres".

Meu pai deixou a África do Sul em 1970 para se juntar à Umkhonto we Sizwe, na Tanzânia, e foi lá que conheceu minha mãe. Eu nasci em Dar-es-Salaam, onde meu pai estava fazendo o treinamento militar e minha mãe tinha o emprego dos sonhos de qualquer mulher (na época): o muito conceituado cargo de datilógrafa.

Meu avô paterno era um escocês que teve um caso com sua antiga empregada, minha avó. O resultado dessa união foi o meu pai. Eu cresci com uma aversão pelos homens brancos depois que meu pai me contou que minha avó fora estuprada. Fosse por ler demasiados discursos de Malcolm X ou simplesmente um sinal dos tempos em que cresceu, meu pai tinha tendência a exagerar. Só quando voltei para casa, já adulta, me dei conta de que minha *makhulu* nunca poderia ter sido violada. Seu patrão foi certamente culpado de exploração sexual, mas a avó que eu conheci, que dizia a todos o que pensava, nunca teria sido forçada sexualmente. Até os sargentos brancos da delegacia de Orlando sabiam que não deviam se meter com ela.

Minha opinião sobre isso, depois de conhecê-la, é que talvez ela tenha pensado que poderia dar um golpe na senhora da casa, mas, quando a patroa descobriu, ela foi demitida e começou a vender bebidas alcoólicas no mercado paralelo — também conhecido como mercado negro. E assim conseguiu colocar meu pai na escola. Se meu pai quer justificar seu intenso ressentimento contra os brancos afirmando que sua mãe foi estuprada, não sou eu quem vai desmenti-lo. (O que me espanta é que ele tenha escolhido o CNA como casa política, em oposição ao mais negro e, na época, mais militante Congresso Pan-Africanista.)

Talvez tenha sido para se enturmar com seus camaradas que meu pai usava o sobrenome da mãe e tinha modos mais negros que muitas pessoas negras, incutindo-me os mesmos valores. Uma coisa que eu aplaudo no meu pai é que ele, ao contrário de algumas "pessoas de cor", nunca reivindicou ter sangue coissã[6] para tirar vantagens dos fundos especiais reservados para essas pessoas muito indígenas. Ele diz que os coissã estão suficientemente desfavorecidos para que ele se aproveite disso.

Ele se vê simplesmente como um homem negro — e fala todas as línguas locais como se tivesse nascido e crescido em todas as províncias deste grande país. Ao contrário de meu pai, minha mãe nunca mentiu sobre sua ascendência. Ela contou que seu pai era um inglês que veio para a África do Sul, conheceu uma moça festeira — minha avó, cantora — e dormiu com ela para provar que era liberal (e talvez lá no fundo para ver se era verdade o que se dizia sobre as mulheres negras e sua sexualidade).

Claro que não havia chance alguma de eles se casarem, mas, depois que ele partiu com promessas de voltar, minha avó nunca mais teve um relacionamento sério. Assim, ela era detestada por muitos homens em Kofifi por se achar boa demais para eles. Sem o apoio deles, sua carreira musical não chegou a lugar nenhum, mas, como muitas mulheres antes e depois, ela continuou a cantar *Waiting for my man*.

Ele nunca voltou, e ela morreu uma figura solitária em Orlando West, no Soweto, depois do reassentamento. Portanto, o autoexílio de minha mãe foi menos por motivos políticos e mais por aspirar a melhores oportunidades — e também por não ter nada que a prendesse à África do Sul.

Ela conheceu meu pai na Tanzânia e gosto de pensar que foi amor à primeira vista, porque a relação dos meus pais é algo que me esforço para alcançar com o Mandla.

Minha falecida mãe disse que planejavam ter uma ninhada, mas, depois de me ter, ela sofreu três abortos espontâneos e, com os avisos do médico, eu acabei sendo filha única. Não me queixo. Embora seja verdade que eu não tinha tudo o que queria, tive certamente tudo o que precisava e, olhando para trás, não desejaria mais nada.

Embora meus pais me amassem profundamente, eu estava sempre na periferia do amor deles e, sem intenção — tenho certeza —, às vezes me faziam sentir como "a outra" na equação que era a nossa família. Quando meu pai chegava em casa — onde quer que fosse o lar naquele momento —, colocava no toca-discos um álbum dos Temptations e começava a cantar "My Girl" para minha mãe como se ela fosse a única pessoa na sala. Isso me fazia sentir sozinha, mas também era uma declaração de amor: a maneira como eles valsavam juntos, como se fossem um só, e como, nas festas, só tinham olhos um para o outro. Meu pai e minha mãe tinham uma linguagem silenciosa: sabiam o que o outro queria dizer antes mesmo de ser dito, apenas se olhando nos olhos. Se discutiam, tenho certeza de que era apenas no quarto, porque nunca os ouvi trocando palavras ásperas.

Quando eu tinha doze anos, meus pais me mandaram para um colégio interno na Grã-Bretanha graças ao movimento de libertação. Assim começou a minha relação de amor e ódio com aquela pequena ilha cuja população tinha os dentes tão estragados antes do Serviço Nacional de Saúde que muitos pareciam ter sido criados à base de uma dieta de barracudas. Eu estava em um internato, mas passei muitas férias com vários tios e tias exilados enquanto meus pais seguiam com a causa da libertação.

Por isso, minha primeira experiência na terra-mãe só ocorreu depois que a legalidade dos partidos políticos foi restabelecida. Felizmente para mim, meus pais me educaram o suficiente para que eu apreciasse a minha cultura e falava xhosa relativamente bem. É verdade que eu tinha um leve sotaque inglês, mas, nesses dias de população negra xenófoba, antes da independência, graças ao meu sotaque resultante de uma vida no exílio, eu andei com os rapazes mais bonitos, e os pais das minhas amigas me concediam privilégios que não seriam tolerados se eu tivesse crescido na África do Sul.

Depois de contribuir para colocar o CNA no poder com meu voto, enterrei minha mãe, que morreu de câncer. A dor compartilhada aproximou o viúvo e a filha; tornei-me a melhor amiga que minha mãe tinha sido para ele, e ele tornou-se para mim o confidente que sua esposa tinha sido.

Lutei muito para conseguir que meu pai me autorizasse a estudar no Havaí e, por nunca ter sido um pai que diz não para sua filha perfeita, ele consentiu. Quando me perguntou por que eu queria ir para o Havaí, menti e disse-lhe com ar sério que estava ansiosa para aprender sobre a cultura e a história do povo indígena havaiano. A verdade é que a terra dos Kanaka Maolis, *poi e ka'awa*, era o único lugar onde eu sabia que meu pai não teria olhos nem ouvidos, e isso a tornava a terra da liberdade. Pouco antes de iniciar o meu último ano, durante as férias de verão em Nova York, conheci Mandla em uma festa no apartamento de Lizwe, em Manhattan. Eu tinha dirigido desde Washington para ir à festa com outros desgarrados sul-africanos, mas todos nós sentíamos saudades de casa, então qualquer passaporte sul-africano era bem-vindo.

O mundo não parou de girar, eu não vi estrelinhas no ar e as imagens não começaram a se mover em câmera lenta. Em vez disso, conversamos por um tempo, trocamos números e ficamos amigos. Falávamos regularmente, e quando voltamos para o país, creio que, por falta de escolha — brincadeira! —, Mandla e eu gravitamos um para o outro e aqui estamos sete anos depois, com seis anos de casamento e um filho de cinco.

Quando Mandla me pediu em casamento, não houve cesto de piquenique no parque nem avião escrevendo no céu "Thandile, casa comigo?". Foi antes uma constatação, enquanto colocávamos as compras no porta-malas do carro depois de uma ida ao supermercado: "É ridículo mudarmos toda semana de um apartamento para o outro. Por que não casamos?" Claro que foi pouco romântico, mas eu disse que sim. Afinal de contas, Mandla era inteligente, tinha uma carreira promissora pela frente, me amava e era bom de cama. Ok, ele precisava de uma ajudinha no departamento do romance, mas eu tinha a vida toda para trabalhar nisso com ele. E gabo-me de não ter sido um mau partido para ele; caso contrário, ele não teria "comprado o restaurante quando já comia de graça", como dizem.

Quem me conhece se refere a mim como negra, porque é isso que sou. No entanto, muitos que não me conhecem me chamam de "pessoa de cor", talvez por causa da minha tonalidade de caramelo e do meu cabelo afro pouco gracioso. Sinceramente, detesto esse termo e lembro-me de ter me envolvido em vários conflitos com outras chamadas "pessoas de cor" que me acusavam de não ter orgulho do meu patrimônio cultural. Com todo o respeito, a verdade é que não posso realmente celebrar meus antepassados europeus, que nunca amaram o bastante para reconhecer sua descendência. Ao contrário, meus antepassados africanos sempre amaram incondicionalmente e deram seu apoio irrestrito. Então, por que celebrar aqueles que não me amaram?

Além disso, qualquer pessoa que viajou muito sabe que "se você tem uma gota de sangue negro, você é simplesmente negro e sofre os mesmos preconceitos e maus-tratos que os outros negros sofrem". Mas talvez Siz tenha razão. Talvez eu tenda a exagerar para me adaptar, assim como fazem outras crianças "birraciais" (como os britânicos gostam de nos chamar) para serem bem acolhidas entre os nossos parentes mais escuros. Basta uma olhada rápida na história para comprovar isso. Malcolm X era birracial (seu avô, como o meu, era branco) e detestou os brancos apaixonadamente. Bob Marley escreveu muitas canções controversas dirigidas aos seus antepassados brancos. Seja como for, é sempre a negritude que é celebrada. Será possível que o ancestral sangue negro que lhes corre nas veias volte para assombrar os brancos por meio da perda cultural dos seus filhos? (É claro que, se esse for o caso, os antepassados negros sul-africanos — à exceção dos meus pais e de mais alguns — permaneceram bastante passivos nesse aspecto.)

Estarei eu buscando vingança para os meus antepassados negros ao embarcar nessa ideia de ter uma empregada branca? O certo é que, já que vou pagar mais do que o salário mínimo estabelecido pelo Sindicato dos Empregados Domésticos, trata-se mais de um emprego justo do que de vingança. Mas não consigo deixar de sentir um certo júbilo no lado mais sombrio do meu coração, ansiosa por gritar aos brancos de rendimento médio com empregadas negras: "Finalmente somos iguais, vocês têm uma empregada negra e eu tenho uma branca!"

O recrutamento

Estamos em maio. A chuva parou e agora é possível ver as folhas mortas no chão. Detesto o outono. Com o capim amarelando, as folhas caindo e a incerteza sobre se o inverno será agradável ou gélido — e, para mim, "gélido" é qualquer coisa abaixo dos vinte graus. Passaram-se dois meses desde que decidi contratar uma empregada e ainda não fiz isso porque tenho estado ocupada demais durante a semana e letárgica demais nos finais de semana. Mas já não consigo mais fazer sozinha todo o trabalho doméstico, por isso hoje tem que ser o dia. Além disso, atualizei o meu guarda-roupa para a estação e não há espaço para as roupas novas, então uma ida ao centro de recuperação atenderá a duas finalidades. Vuyo vai hoje levar os filhos para visitar a família no Soweto e Siz, que também fez uma limpa no guarda-roupa, vem me buscar.

Espero que Marita ainda esteja lá. É uma simpática moça africâner de Kroonstad com quem conversei nas poucas vezes em que fui fazer trabalho voluntário como contadora no centro de recuperação. É divertida, parece bastante inteligente e, pelas poucas conversas que tive com ela, é toda "pra frente" em sua abordagem à vida. E, claro, é branca.

Siz chega vestindo uma camiseta rosada justa e sem mangas da BabyPhat, jeans da mesma marca e uns tênis Pumas cor-de-rosa. Seu estilo à vontade é tão impactante que ela parece ter vinte e poucos anos e faria inveja a muitas nessa faixa etária. Mais importante ainda, me faz sentir desleixada com os meus shorts e a camiseta cor de café com leite. Raios! Começo realmente a sentir que essa roupa me engorda, mas ficaria mal ir mudar agora, então me limito a seguir adiante. "Ei, moça! Está lindona!", digo a ela.

"Você também não parece ser mãe de um menino de cinco anos, tão linda que está", responde. Não é realmente um elogio, mas eu educadamente dou-lhe três beijos à moda europeia, reservados para pessoas íntimas. Ainda não me acostumei a beijar as pessoas nos lábios, como muitos sul-africanos fazem — parece uma invasão. Com a mãe de Mandla, chega a dar a sensação de lesbianismo incestuoso. Que nojo!

Siz e Mandla são os únicos que sabem o que está prestes a acontecer e, com isso em mente, ela me diz: "Mal posso esperar para ver a cara da Lauren quando souber da novidade."

"Olha, não tem problema. Você sabe como a Lauren é. Então, se eu arranjar mesmo a moça branca, por favor, aja com naturalidade, como se fosse a coisa mais normal do mundo", peço.

Ela reage com uma gargalhada. "Mas não é, né? Ah, como eu adoro a África do Sul. Só aqui é possível pensar que alguém vai irritar sua amiga branca ao arranjar uma empregada branca, enquanto todas as suas manas na Inglaterra têm babás brancas."

Como de costume, o porta-malas e os bancos do passageiro do carro de Siz estão abarrotados de roupas que ela adquiriu em Paris nas múltiplas viagens de negócios — roupas que ela pensou que ia usar, mas nunca usou. Uma verdadeira viciada em compras. Portanto, vou ter que levar meu carro. Pergunto ao meu filho, que está em intensa conversa com a madrinha: "Meu lindo, quer vir com a mamãe e a tia Siz ou quer ficar com o papai?" Quero que Hintsa venha conosco para ter certeza de que Marita — ou quem quer que eu arranje — tenha jeito com crianças.

Sentindo-o prestes a dizer que não para poder ficar jogando PlayStation com o pai, acrescentei um suborno: "Depois podemos ir todos tomar sorvete." Esquece a elegância. Só se vive uma vez, não é? O sorvete o convence, mas ele insiste em ir no carro da tia Siz. Isso significa que tenho a chance de dirigir sozinha, com ar de mulher independente e bem-sucedida, então concordo.

"Trate de olhar para a estrada e, se alguém fizer charme num semáforo, levante a mão esquerda e diga que está bem casada com o homem que te comprou essa joia cara." Mandla veio agora à porta e disse isso enquanto cumprimenta Siz com um beijo. Pois sim. Deixa pra lá. Sinto como se tivesse "casada" tatuado na testa e, se alguém fizer charme, será com o carro e não com Thandi, a esposa e mãe que acha que "a cintura está alargando demais". Baixo a capota e começo a fantasiar sobre a primeira vez em que vou apresentar a nova empregada à Lauren.

Marita tem uma história triste. Ela vem de uma daquelas poucas famílias pobres africâneres que não conseguiram tirar proveito dos "benefícios" do apartheid; uma moça que cresceu em um estacionamento de trailers com a mãe, o pai, o avô, a avó, quatro irmãos e três irmãs. Sentiu-se uma sortuda quando um motoqueiro de Joanesburgo a encantou, a levou a toda velocidade para o que ela pensava ser uma grande aventura na cidade grande.

Infelizmente, eles tinham expectativas diferentes. Ele esperava encontrar uma mulher que se instalasse em sua precária quitinete em Hillbrow, que o amasse, obedecesse, honrasse e lhe arranjasse constantemente dinheiro para o álcool através do mais antigo ofício conhecido pelas mulheres. Além disso, ela ainda tinha que lavar a roupa e cozinhar durante o tempo livre. Mas isso não era tudo. O sujeito começou a bater nela sempre que ela não fazia a quantidade de dinheiro que ele esperava. Um dia, quando obviamente os antepassados boers não estavam com ele, Marita se cansou de apanhar, pegou o revólver que ele usava para ameaçá-la e explodiu os miolos dele.

Foi condenada à prisão perpétua, mas a Nova Ordem Nacional (leia-se: governo pós-apartheid) arranjou um jeito de ela ter a pena suspensa, e agora está no centro de recuperação à espera de um emprego permanente e moradia fixa. Desde então, ela é eternamente grata à NON e tenho certeza de que será um alívio para ela receber uma oferta de emprego de quem quer que seja, porque já está lá há um ano.

Quando chegamos, Siz e o afilhado estacionam o C200 preto ao meu lado. Eu saio e puxo a camiseta para baixo sobre os shorts caqui. Droga, preciso mesmo perder peso. Após duas idas ao meu carro e aparentemente dez ao carro de Siz, finalmente levamos tudo. Por esta altura, as moças do centro já estão reunidas à nossa volta na sala de visitas, admirando as roupas nas caixas. Marita é uma delas. Graças a Deus, ainda está aqui.

Trocamos gentilezas e decido logo ir falar com a coordenadora. Deixo Siz com Hintsa, sabendo que ela poderia fazer comentários sarcásticos ou risinhos, o que resultaria em eu não conseguir a moça que quero.

Bato à porta da coordenadora e, após as gentilezas iniciais, vou direto ao ponto, porque sempre acho penoso fazer rodeios.

"Tenho conversado com uma das suas senhoras desde que venho aqui e estava pensando se seria um grande problema para vocês se eu a pedisse emprestada para me ajudar em casa", disse.

Ela sorriu com infinita doçura, provavelmente acolhendo com prazer a oportunidade de se livrar de mais uma ex-detenta, e perguntou-me em quem eu estava pensando. "Marita", respondi, acrescentando logo, antes que ela dissesse não: "Estou ansiosa para que meu filho aprenda o que considero ser uma importante língua sul-africana. Infelizmente, meus conhecimentos de africâner são, no mínimo, deprimentes. Marita é a melhor falante da língua que encontrei — além da senhora, é claro" — concluí com um floreio.

Obviamente, eu tinha tocado na tecla certa porque o rosto da coordenadora, que se tornara bastante tenso quando mencionei o nome de Marita, iluminou-se. "O que exatamente ela iria fazer?"

Conhecendo as sensibilidades da sociedade sul-africana, nova África do Sul ou não, e sabendo que nunca seria autorizada a ultrapassar a linha de ter uma mulher branca como empregada doméstica, improvisei deliberadamente. "Sei que ela tem feito alguns trabalhos de costura, e eu tenho um anexo onde ela poderia fazer isso e talvez comercializar as roupas. Em troca, nos tempos livres, ela também poderia me ajudar buscando meu filho na escola, sendo sua professora de africâner e ajudando-o com os deveres de casa."

A coordenadora pareceu gostar da ideia. "Só precisamos perguntar à Marita", disse ela, mandando alguém chamá-la.

Quando Marita entrou, a coordenadora disse-lhe com austeridade: "Marita, esta senhora quer que você vá dar aulas de africâner ao filho dela e more lá. O que acha disso?" Agora ela era basicamente uma professora. Mas eu não ia corrigir nada e soube que a situação estava ganha quando Marita disse com seu forte sotaque africâner: "Sério? Posso ir morar com a senhora? Ah, muito obrigada, madame. Obrigada! Obrigada!" Ela me chamou de madame! As únicas pessoas que me chamam de "madame" são os amigos de Mandla, mas dizem isso com sarcasmo. Pensei: "Gosto dessa moça. Sim, definitivamente posso trabalhar com ela."

Concluído o acordo, saí de lá com Marita, que continuava a me chamar de madame, e fomos encontrar Siz e Hintsa. "Não há dúvida de que ela conhece o seu lugar — a Lauren também vai gostar dela", sussurrou Siz quando me aproximei. Belisquei-a e murmurei: "Cala a boca!"

Marita pode ter me chamado de "madame", mas seu emprego ainda não estava assegurado. Eu precisava garantir que ela se desse bem com o "príncipe" — aquele com quem ela teria mais interação. Apresentei-os e Hintsa sorriu para ela, um pouco tímido. Ela conseguiu envolvê-lo em uma conversa e logo estavam em uma discussão animada sobre o que acontecera no último episódio de *Dragon Ball Z*.

Longe da coordenadora, expliquei a Marita que teria um anexo só para ela, equipado com cama, panelas, pratos, frigideira e fogão, e que ela teria que me ajudar estendendo a roupa lavada, passando-a a ferro, além de limpar a casa e levar e buscar Hintsa na escolinha. "Tudo bem?", perguntei, esperando ver no rosto dela sinais de protesto por minha generosidade. Em vez disso, o que vi foi seu rosto iluminar-se de prazer.

"Claro! Claro! E obrigada por ter pensado em mim", respondeu ela com entusiasmo.

"Mas você não vai ter problemas se as pessoas te chamarem de 'empregada de pretos'?", perguntei, desejando tirar esse assunto da frente.

Marita vacilou visivelmente ao ouvir a palavra começada com "p" e disse: "Desculpe, madame. Por favor, não use palavras como essa na minha frente."

Era óbvio que estava sendo sincera. "As únicas pessoas que foram realmente boas para mim são negras. Até votei no CNA na última eleição e teria votado novamente nas duas eleições seguintes, se não estivesse na cadeia."

Siz, que assistia de soslaio, brincando com Hintsa e fingindo não prestar atenção, riu. Ela sabe como me desagrada quando os brancos se esforçam demais para mostrar que são liberais. Acho isso desonesto. Se nunca tínhamos discutido política, como Marita podia saber que eu era pró-CNA? (Embora fosse difícil encontrar alguma pessoa negra da classe média que fosse fortemente anti-CNA neste momento.)

Raios! Pelo menos eu teria uma empregada com o nono ano e um inglês razoável, que poderia ler para Hintsa as *Fábulas de Esopo* quando eu ficasse até tarde no escritório. Também poderia ajudá-lo com o alfabeto e outras tarefas escolares simples. E, já que meus conhecimentos de africâner eram, como eu disse à coordenadora, praticamente inexistentes, seria certamente muito prático tê-la por perto caso africâner fosse uma das onze línguas oficiais que meu pequeno quisesse aprender. "Então está certo. Considere-se contratada", disse eu.

Combinamos que eu a buscaria no próximo sábado, na esperança de que isso lhe desse tempo suficiente para fazer as malas.

"Desculpe incomodar, madame, mas eu não tenho malas", disse Marita humildemente. "Pode me emprestar alguma?"

Ali estava a oportunidade de fazer minha futura empregada acreditar que eu era a melhor pessoa do mundo, ao mesmo tempo em que fazia Mandla acreditar que eu realmente o tinha consultado sobre a decisão, já tomada, de contratar uma empregada. "Posso fazer mais do que isso", disse a ela. "Vou comprar uma mala e amanhã meu marido te entrega, tudo bem?"

"*Baie dankie*, madame. Oh, muito obrigada!", exclamou. Hintsa, Siz e eu fomos imediatamente para o Shopping Eastgate. Lá pela metade da tarde, já tínhamos reunido várias sacolas cheias de sapatos e o pequeno começou a se queixar de cansaço. "Por isso é que eu nunca quero vir contigo e com a tia Siz, mamãe!" Crescem tão rápido essas crianças — desde quando esse garoto aprendeu a generalizar?

"Como ousa dizer 'nunca' à sua mãe, meu menino?" Brincando, dei-lhe um tapinha no bumbum. Siz sorriu e disse que eu devia celebrar as alegrias da maternidade. O sorriso era triste e saudoso. Eu sabia que ela queria ter filhos, a julgar pela forma como mimava o afilhado, o sobrinho e os filhos de Lauren — para não falar dos Vuyos 2 e 3, de quem nem sequer gostava. Mas os deuses não lhe concederam essa graça. E as mães dos seus enteados não lhe demonstravam absolutamente nenhum respeito ou gratidão por tudo o que ela estava fazendo pelas crianças delas.

A fome nos levou ao Ocean Basket, porque eu estava com vontade de comer mexilhões. "Amiga, você sabe que eu detesto esse negócio pretensioso de negros comendo frutos do mar, mas só desta vez, já que estamos celebrando o seu novo status de madame, eu tolero." Ao contrário de mim, Siz tem uma grave falta de espírito de aventura no que toca à alimentação. Se não for bife, frango ou peixe, ela não come. A comida estava boa, o vinho estava ainda melhor e a conversa foi, como de costume, altamente controversa. Acho que Siz e eu falamos demais sobre política, porque mais de uma vez Hintsa deu a sua opiniãozinha sobre a questão agrária, os brancos e o EEN, e sei que não era realmente a opinião de um menino de cinco anos, mas algo que ele ouviu por aí. Siz, naturalmente, ficou impressionada. "Quem me dera que os Vuyos júnior fossem mais como ele."

"Nada, Siz! Acho que a gente andou falando demais sobre política na frente desse rapazinho. Não quero que ele seja expulso do jardim de infância por propagar nossos preconceitos. Além disso, Hintsa provavelmente seria mais contido se tivesse uma madrasta diabólica como você", provoquei-a.

Liguei para Mandla para saber dele. "Como é que está tudo aí?"

"Acabam de aparecer uns rapazes do Soweto e estamos bebendo umas cervejas. Pode trazer comida para a gente, linda?"

Agora eu já não estava tão ansiosa por chegar em casa. Infelizmente, Siz tinha que ir embora, e eu não podia ficar indefinidamente no shopping, então sugeri a Hintsa que fôssemos comprar uns filmes na Game e depois nos trancássemos no quarto dos pais com pipoca amanteigada, alcaçuz e suco, assistindo a uns desenhos animados.

Enquanto caminhávamos para o estacionamento, meu filho olhou para mim e segurou minha mão.

"Mamãe, sabe aquelas rimas da minha escola?" Assenti com a cabeça. Ele continuou: "Então, eu estive pensando... se a mulher do Jack Sprat não comia carne magra e o Jack Sprat não comia gordura, isso quer dizer que eles não se alimentavam bem, certo?"

"Sim, querido. Tenho certeza de que o Jack Sprat e a esposa não tinham uma dieta equilibrada." Ri por dentro, imaginando: será que essa criança será um futuro psiquiatra ou filósofo? Ou, quem sabe, um chefe de Estado muito perspicaz?

"Quer dizer que o Jack era magricela e a mulher dele era gorda?", perguntou ele.

"Meu amor, não é educado dizer 'magricela' ou 'gorda'. É melhor dizer que alguém está 'com um peso abaixo do ideal' ou 'com um peso um pouco acima do ideal'." E por que, exatamente, eu estava tentando ensinar expressões politicamente corretas que nem eu mesma uso?

"Então, eles são como a tia Lauren e o tio Mike?"

Segurei o riso e prometi a mim mesma que contaria isso para a Siz. Mas, antes, precisava proteger a honra e a imagem da minha amiga aos olhos do meu filho, confuso com os padrões irreais das personagens perfeitas dos desenhos animados.

"Veja, querido, o Jack e a esposa dele não são pessoas reais. Eles foram inventados e não se alimentavam bem. Você sabe que a tia Lauren e o tio Mike se alimentam bem, porque você já comeu na casa deles muitas vezes, certo? Então, não dá para compará-los ao Jack Sprat e à mulher dele", expliquei.

No caminho de casa, parei no Ivory Park e comprei carne grelhada e pirão para os bêbados do local, garantindo que eles não viessem atrapalhar minha sessão de filmes com Hintsa.

Quando chegamos em casa, Mandla — também conhecido como 'papai' — e seus amigos Nathi e "Como-é-que-se-chama" já estavam bêbados como gambás. Como era possível terem chegado a esse ponto nas poucas horas em que estivemos fora? E ainda continuavam bebendo.

"Papai, a mamãe disse para a tia Siz que vocês já estariam bêbados quando chegássemos em casa. Já estão bêbados?", perguntou meu filho, sem filtro algum.

Seu pai, completamente bêbado, respondeu: "Rapaz, já te disse para não dar ouvidos ao que as mulheres falam. Claro que não estou bêbado. Homens de verdade sabem controlar a bebida." Eu lhe lancei um olhar fulminante, que pareceu atravessar sua mente alcoolizada, e ele se desculpou. Mandla sabia que eu odiava quando ele fazia comentários sexistas, especialmente na presença de nosso filho. Eu queria criar um homem que respeitasse e valorizasse as mulheres.

Com raiva, levei Hintsa para o nosso quarto e tranquei a porta. Graças a Deus, nosso quarto tinha um minibar (por "motivos de mamãe e papai" que não vou explicar agora), equipamento de áudio e vídeo e banheiro anexo.

Os bêbados eram insuportáveis, mas o lado positivo foi que tive a oportunidade de passar um tempo de qualidade com o meu filho fazendo o que ambos adorávamos: assistir a *Shrek*. Hintsa adormeceu durante o segundo filme, então o levei até seu quarto e o aconcheguei na cama.

Felizmente, o pessoal decidiu não dormir no chão da minha sala de estar. Parece que Mandla e os amigos tiveram mais uma de suas discussões de bêbados que normalmente acabam em beijos e abraços e em "está tudo perdoado" na próxima vez que se veem. A boa notícia para mim era que, na manhã seguinte, eu só teria que fazer café da manhã para um idiota semi-bêbado. A má notícia é que fui agraciada com o típico desabafo: "Não quero mais saber desses desgraçados. Eles que se danem. Só sabem me apunhalar pelas costas..." Sabendo como Mandla fica quando está bêbado, isso se estenderia até ele adormecer. E, caso eu pegasse no sono antes, ele me acordaria para perguntar minha opinião e me beijar com aquele hálito de cerveja.

Quando acordei, entendi por que cantam "easy like a Sunday morning". Domingo é realmente um dia relaxante — se não fosse pelo meu pestinha batendo na porta do nosso quarto, perguntando se podia brincar com as crianças da Lauren, nossa vizinha. Na casa dela sempre tinha comida de sobra, mas, ainda assim, liguei para avisar que o meu "pequeno aspiradorzinho" estava a caminho. As crianças iam nadar e, mais tarde, eu acenderia a churrasqueira para que Lauren, Mike, Siz, Vuyo e os meninos se juntassem a nós para um churrasco — mas só depois que Mandla levasse as malas até Marita.

Assumindo o papel de esposa exemplar, levei o café da manhã para Mandla na cama: uma omelete de presunto e cogumelos, as suas habituais cinco fatias de pão e uma cerveja Hansa. Dava para ver que ele estava de ressaca pelo modo como semicerrava os olhos por causa dos raios de sol que entravam pela janela, depois que eu abri cruelmente as cortinas. Mesmo assim, ele não deixava de ser um querido.

"Obrigado pelo café da manhã, amor. Estava mesmo precisando de uma Hansa." Ele fez uma pausa. "A propósito, onde está o menino?"

Eu disse que ele estava na casa da vizinha. Ele piscou para mim, com aquele olhar malicioso e sabido, e disse que terminaria o café assim que tivesse a sua "sobremesa". Eu sabia que ele estava se referindo a mim e sorri, provocante.

"Claro que podemos dar um jeito nisso, meu querido marido, desde que você leve algumas sacolas para a Marita e seja um anfitrião exemplar quando o pessoal vier para o *braai* mais tarde."

Era de se pensar que essa conversa apagaria o fogo dele, mas, para Mandla, a antecipação parece apenas abrir ainda mais o apetite. E por isso, agradeço a Deus.

Mandla ligou para Vuyo para que ele o acompanhasse até lá. Perguntei ao Mandla o que ele e o Vuyo acharam de Marita, e ele disse que ela parecia entusiasmada e que talvez fosse uma empregada aceitável ('aceitável' é o maior elogio que se pode esperar do Mandla, a menos que ele queira alguma coisa ou esteja escrevendo um discurso como padrinho de casamento). Ele e Vuyo decidiram não contar nada ao Mike sobre Marita, porque ainda queríamos surpreender Lauren. Pelo que parece, Vuyo estava se babando — ele disse ao Mandla que ninguém consegue viver comendo sorvete de chocolate todos os dias e que, na verdade, a vida de um homem precisa de um pouco de baunilha.

O pessoal chegou à tarde. Os homens estavam ocupados com as cervejas e a grelha, os meninos brincavam na piscina, e enquanto nós, mulheres, bebíamos vinho e preparávamos a salada, eu contava os minutos até que Siz e Lauren se envolvessem em uma discussão. Eu só esperava que Siz não trouxesse à tona o assunto da empregada em um de seus momentos "somos melhores que vocês". Felizmente, ela não caiu em nenhuma provocação e tudo transcorreu de forma agradável.

Foi um final de semana descontraído e interessante, uma ótima maneira de começar a nova semana, em que eu certamente teria que lidar com o diretor psicótico, preguiçoso e "não-sei-com-quem-você-dormiu-para-conseguir-esse-emprego" que era o meu superior. Era por causa desse sujeito que, mesmo quando havia pouco trabalho no escritório, eu acabava chegando em casa exausta. Tinha a sensação de passar grande parte do meu tempo corrigindo os erros dele. Acho que é por isso que "Super Mulher" sempre diz: "O melhor homem para a tarefa é uma mulher."

A semana após o *braai* foi exaustiva em termos de trabalho. Fiquei imensamente feliz quando, às cinco da tarde, murmurei "graças a Deus, é sexta-feira", realmente aliviada. Meu corpo ansiava por um longo banho relaxante, cheio de espuma e à luz de velas. Infelizmente, isso não aconteceria. Na lista de regras fixas — tão sagradas quanto os jantares em família três vezes por semana — sexta-feira é a noite de diversão familiar. É o dia de irmos ao boliche, ao cinema ou de fazermos qualquer outra atividade "unificadora" desse tipo. Suponho que, por eu ter insistido para que isso se tornasse uma regra, não posso ser a primeira a descumpri-la.

Naquela sexta-feira em particular, Mandla foi o responsável por organizar nosso programa, então esperei para ver o que ele havia planejado. Na verdade, eu já sabia que ele havia combinado de deixar Hintsa na casa da Siz depois da nossa atividade em família, para que nós pudéssemos sair e curtir até o amanhecer. Fiquei sabendo disso porque Siz me ligou assim que Mandla entrou em contato com ela: "Mas ele não queria que você soubesse, então finja surpresa." Não seria difícil para mim.

Quando cheguei em casa, Mandla me disse que havia comprado três ingressos para assistir o novo *Shrek*, às seis e meia. "Amor, você pode arrumar uma mochila para o seu filho?" Seus olhos brilhavam. "Ele vai dormir fora hoje à noite."

Fingi estar furiosa. “Por que eu deveria arrumar uma mochila se você decidiu que ele dormiria fora sem ao menos consultar a mãe dele?”

“Muito simples”, respondeu, dando-me um tapinha na bunda. “Você vive dizendo que nós não fazemos mais as coisas juntos. Pois bem, combinei com a Siz e o Vuyo de sairmos só nós, adultos.”

“Isso é tão fofo, amor!” Acho que devo ter dito isso com tanta doçura que merecia um Oscar, porque Mandla se curvou e me beijou para “selar o acordo”. Com meu vestidinho preto, que realça minhas curvas, meu marido com uma postura confiante e meu filho vestindo uma camiseta e um jeans presenteados pela madrinha, seguimos para o Shopping Eastside.

O filme não foi lá essas coisas. Já no final, antes dos créditos subirem, o filho do Mandla começou a cutucá-lo, resmungando alto demais: “Papai, preciso ir ao banheiro...”

“Certo, rapaz. Vamos lá”, disse ele, levantando-se. Desconfio que também não tenha gostado do filme. Mas, quando eu estava prestes a me levantar durante os créditos finais, Hintsa voltou correndo: “Mamãe, posso ir com você ao banheiro?”

Olhei para ele sob a luz azulada do projetor. “Ei, pensei que você tinha ido com seu pai.”

“Ele parou para falar com uma moça lá fora e ainda está conversando com ela. Mamãe, vamos logo, por favor, é urgente.” Peguei minha bolsa e saí apressada, disposta a dizer umas boas verdades ao Mandla por estar paquerando alguém no saguão, depois de ter levado nosso filho ao banheiro.

Mas, para minha surpresa, não havia com o que me preocupar. A moça com quem Mandla conversava era mais gorda do que eu e, definitivamente, não era nenhuma última bolacha do pacote. Dei um "oi" de relance para ela enquanto apressava Hintsa em direção ao banheiro. Talvez fosse alguma enfermeira de Soweto que conhecia Mandla dos tempos em que ele trabalhou no Hospital Bara. Quando voltei, ela já não estava mais lá.

Jantamos como a família perfeita que somos e seguimos para a casa de Siz e Vuyo, para que eu e Mandla pudéssemos ter nossa noite fora e continuar sendo o casal perfeito que acreditamos ser.

Assim que chegamos, Pertunia tirou Hintsa de nossos braços, deu-lhe banho e o colocou para dormir junto com os Vuyos juniores. Ela era muito competente. Até Vuyo sênior, que no começo a havia chamado de caipira — do tipo *Jim vem para Jo'burg*[7] —, incapaz de acrescentar valor à casa, já começava a apreciar seu trabalho. Os olhos dele brilhavam quando ela falava com os filhos — provavelmente porque ele notava que ela lhes dava mais atenção do que sua própria esposa.

Como de costume, Vuyo e Siz, com suas roupas de grife, faziam-nos parecer parentes do interior. Vuyo usava um terno Hugo Boss com abotoaduras que, claramente, não poderiam ser compradas apenas com seu salário. Se a roupa fizesse o homem, então Vuyo certamente era o exemplo perfeito! Siz era a acompanhante ideal, vestida com um elegante vestido Chanel marrom e laranja, um pouco abaixo do joelho, uma linda bolsa laranja da mesma grife e um par de sapatos de salto com tiras que eu venderia meu marido para ter. Ao lado deles, eu e Mandla — na minha cabeça, o casal perfeito — parecíamos desleixados com nossas roupas "especiais" da Woolies.

Mandla, percebendo que minha confiança havia sido abalada, deu um tapa na minha bunda enquanto entrávamos na boate e sussurrou: "Não importa o que digam, eu continuo achando que a minha esposa tem o bumbum mais gostoso de Joanesburgo." Eu sabia o que ele estava tentando fazer. Levantei as sobrancelhas e perguntei: "Só de Joanesburgo?"

Eu amava aquele homem...

Depois da noite depravada que tivemos, voltamos para a casa de Siz por volta das onze da manhã seguinte, com ressacas terríveis. Entrei gritando: "Vuyo! Homem, cadê meu Bloody Mary?"

Foi Pertunia quem respondeu: "Ele ainda está dormindo. É melhor deixá-lo descansar, mas a Nosizwe já está acordada e posso avisá-la que vocês chegaram."

Eish, olha só a empregada dando ordens! E percebi que ela havia se referido a Siz pelo nome próprio, e não como "tia Nosizwe", como sempre fazia. Mas, vendo que meu filho estava limpo e feliz, limitei-me a agradecer a Pertunia por ter cuidado dele. Devíamos parecer um casal de alcoólatras implorando por uma cura para ressaca logo de manhã. Talvez fosse por isso que Pertunia tenha sido um pouco rude comigo, pensei. Afinal, as empregadas são muito protetoras.

Siz entrou na sala de estar logo atrás de Pertunia, pegando um brinquedo que alguma criança havia deixado no tapete cor de marfim. "Pertunia, você limpou a casa hoje?" Ela soava exatamente como sua mãe. Enquanto a seguíamos para a sala de visitas, sua voz estridente piorava minha ressaca. "E olhe para isso. Há quanto tempo você não limpa o pó do rack da TV? Sinceramente, às vezes eu não sei por que te pago."

Pertunia resmungou com aquele tom típico de empregada emburrada, como se estivesse falando consigo mesma, mas na verdade querendo ser ouvida: "*Uyandisokolisa uNosizwe.* Não dá para fazer tudo de uma vez. Tive que dar banho nas crianças, alimentar todo mundo, cozinhar e limpar. Tenho um cronograma para limpar o pó da casa, mas tem gente que nem sabe cozinhar e quer que eu faça tudo."

Siz, naturalmente, ouviu, e, assim que ela abriu a boca para responder, tapei-a com a minha mão. Percebi que, entre o mau humor de ressaca da Siz e a empregada que não gostava de ter seu trabalho questionado, eu poderia acabar sem suco de tomate para o meu Bloody Mary. Então, dei-lhe um beijo e uma tapinha no bumbum, dizendo: "Ah, mana Pertunia, você sabe que a Siz está brincando com você. Essa casa está superlimpa para um lugar com duas crianças. *Eish*, nem minha casa é tão organizada e só tenho um filho. Então, não se preocupem, só estou de ressaca. Mas, falando nisso, minha querida dona de casa, como você é a mulher da casa, eu sei onde fica o bar, mas onde está o suco de tomate?"

Pertunia respondeu: "*Ja ndiyazi*, mas há pessoas que não valorizam todo esse trabalho", e Siz, tentando contornar a situação para evitar a ira da empregada, disse: "*Ndiyaxolisa*, Mana Pertunia. A Thandi está certa, eu exagerei." E, com um sorriso malicioso, completou: "Tá certo assim, querida?" Pertunia a ignorou, entregou-me duas latas de suco de tomate e disse: "Hoje vou pegar ônibus para ir à aula."

Siz e eu trocamos olhares, e Mandla comentou: "*Eish*, Siz, você tem uma empregada muito durona."

Siz respondeu: "Durona, mas que me ajuda a economizar gasolina com as birras. Acho que vou pedir ao Vuyo para buscá-la depois das aulas. Porque, se eu for, talvez ela me ignore. Além disso, aproveito para tirar uma soneca." Enquanto ela falava, vi um sorriso divertido surgir no rosto de Mandla.

"Falando no seu homem, onde ele está? A essa hora, todos os bêbados de Soweto já estão na quinta bebida. Parece que ele está esquecendo as raízes agora que mora em um bairro de luxo."

Quando Mandla saiu da sala para ir acordar Vuyo, Siz continuou a se queixar de Pertunia. "Pertunia anda assim nos últimos dias. Não sei qual é o problema dela. *Eish*, às vezes as empregadas são problemáticas!"

"Talvez esteja de TPM", sugeri. "Ou talvez sinta falta dos filhos que estão lá no Cabo Oriental. Quando foi a última vez que você deu folga para ela?"

Siz respondeu: "É melhor ela esquecer folgas até os meninos do Vuyo entrarem de férias. Quem iria cozinhar para todos os Vuyos? Você sabe que eu não pisaria na cozinha nem para salvar a minha vida."

"Você deve gostar muito da Pertunia, mana", comentei.

"É, peço aos céus que também me abençoem assim e que a Marita seja tão boa trabalhadora quanto a Pertunia."

Siz começou a rir. "Acho que você anda fumando muito *zol*, porque sabe muito bem que essa sua empregada branca vai reclamar de bolhas nas mãos só de usar o espanador naqueles seus duzentos e um pôsteres do Biko e do Sobukwe."

Eu estava prestes a mandá-la calar a boca quando os homens entraram. Depois dos nossos Bloody Marys e de ouvir Hintsa perguntar pela milésima vez quando iríamos buscar Marita, saímos. Ao sairmos, Siz sugeriu: "Ei, gente, por que não nos encontramos para uns drinks com a Lauren e o Mike no fim da tarde? Não falei com ela a semana toda."

Eu disse que era uma boa ideia: "Talvez amanhã. É melhor hoje a Marita desfazer as malas antes de apresentá-la à Lauren."

Marita ficou impressionada quando lhe mostramos o anexo. Seus olhos brilharam, ela soltou uma risada profunda e disse: "*Jissus*, isso tudo é meu? Nunca tive uma televisão só para mim!" Isso a fez começar a recordar. "Sabe, na minha infância, tínhamos uma TV pequenininha em preto e branco, a imagem era tão ruim! E quando me casei, o desgraçado queria sempre ficar com o controle remoto. Não me deixava assistir a nada se eu não trouxesse dinheiro suficiente para ele!" Fiquei feliz por ela ter gostado do anexo, mas seu entusiasmo me pareceu um pouco exagerado. De qualquer forma, nunca fui boa em receber agradecimentos. Sempre fico constrangida. Então, só disse: "Fique à vontade, amanhã eu te mostro tudo com mais calma."

Pode parecer que ela estava desfrutando de privilégios demais para uma empregada, mas, em parte, fiz isso por motivos egoístas e pretensiosos: queria preservar meu espaço com a minha família e não ter que conviver tão proximamente com a ajudante. Naturalmente, era uma visão muito diferente da de Lauren, mas isso é porque Lauren gosta de ter sempre a casa cheia. Muitas vezes me pergunto como ela consegue não sentir falta de momentos sozinha, apenas com o marido e os filhos.

Eu estava ansiosa pela semana de trabalho que tinha pela frente, porque tenho um daqueles empregos gratificantes no setor público em que é possível ser o próprio chefe. Na qualidade de Diretora Executiva de um polo do Departamento de Turismo provincial no Soweto, acho meu trabalho muito satisfatório — atrevo-me a dizer que, se não tivesse conhecido Mandla antes de conseguir esse emprego, eu ainda estaria solteira, plenamente satisfeita, trabalhando até tarde todos os dias e focada em novos objetivos.

Meu superior imediato é o Diretor-Geral de Turismo no Gabinete do Ministro, um sujeito inútil que é um daqueles resquícios da era do apartheid e parece ser o nosso "branco simbólico" — outro aspecto curioso deste país que todos amamos. Tenho reparado que, na "nova África do Sul", para usar um termo já desgastado, as empresas costumam empregar um "negro simbólico" para mostrar que estão abertas à transformação, e o governo geralmente mantém um "branco simbólico" para provar que os negros não estão dominando todos os cargos públicos e distribuindo empregos apenas entre familiares. Este é o caso do nosso chefe no Departamento de Turismo. JD (Johann du Preez), como todos o chamam, parece ter zero conhecimento sobre turismo.

Da última vez que ele esteve aqui e eu tive o prazer de conduzi-lo em uma visita aos pontos turísticos de Joanesburgo, ele não fazia ideia de onde ficava o Museu Hector

Pieterson, nem sequer sabia quem foi Hector Pieterson. E parece estar confortável em sua ignorância, a menos que sinta que alguém está querendo o emprego dele. Felizmente para ele, nenhum de nós, Diretores Executivos provinciais, quer o cargo dele, porque estamos felizes em gerenciar nossos próprios feudos, longe das intrigas políticas de Pretória. Enquanto isso, todos nós temos que enviar relatórios mensais sobre o que estamos fazendo, e sua pobre assistente é quem precisa compilar tudo em um documento sempre que JD precisa fingir para o chefe maior (o Sr. Ministro) que realmente está trabalhando e supervisionando todas as províncias de maneira satisfatória. É um pequeno preço a pagar para continuarmos longe de Tshwane: uma cidade que, até hoje, está mergulhada em tradições do apartheid — só vou lá se for absolutamente necessário.

O bom de ter escritório no Soweto é que, atualmente, parece ser o ponto turístico mais badalado para quem visita Gauteng. A outra vantagem de trabalhar no Soweto é que, quando não estou ocupada com minha habitual agenda frenética (leia-se: quando não crio uma agenda lotada para mim mesma), posso ir e voltar do trabalho com Mandla, já que ele abriu seu consultório no Soweto.

Falando nisso, Mandla é cardiologista e, inicialmente, estudou Medicina porque "queria fazer a diferença". Após seis meses trabalhando no Hospital Baragwanath, depois de voltar de Harvard, percebeu que fazer a diferença pode até ser bom para a consciência, mas não paga as contas.

Por isso, ele abriu um consultório — que também funciona como farmácia — em Orlando West, com dois amigos. Seus sócios são Chukwu Anyaokwu, um nigeriano divorciado, galanteador e cirurgião (nessa ordem), e o farmacêutico queniano Kamau Kariithi. Os três formam uma sociedade esplêndida: Chukwu faz o charme, Mandla escuta, e Kamau tem um maravilhoso senso quicuio de economia que mantém o negócio funcionando. Os pacientes adoram todos eles. Contudo, ao que parece, os dois médicos atendem mais casos de infecções sexualmente transmissíveis e prescrevem tratamentos antirretrovirais do que qualquer outra coisa em que se especializaram.

É conveniente para nós dois que Mandla tenha um consultório, porque garante que um de nós tenha um horário normal das nove às cinco, e por isso ele é o contato de emergência na escolinha do Hintsa.

Eu amo segundas-feiras, de verdade, porque trazem a promessa de um novo começo. Contudo, hoje não foi o caso. Quando cheguei ao escritório, minha inútil subordinada havia alterado o orçamento que tenho que submeter amanhã ao DG para o nosso relatório financeiro anual. Fiquei ocupada com todos aqueles dados e números, e ainda tive que correr até o Ubuntu Kraal na hora do almoço para garantir que a logística para a conferência de quatro dias, que começa amanhã, estivesse funcionando bem e nos trouxesse mais eventos no futuro. No fim do dia, levei trabalho para casa no laptop para poder concluir o orçamento e enviá-lo por e-mail antes de dormir.

Como se isso não fosse suficiente, a porcaria da empregada mostrou ser uma autêntica "branca do mato", sem noção de como limpar um chão de ladrilhos. Apesar de eu ter todo o material necessário no armário de limpeza, ela passou o esfregão no piso usando apenas água e sabão, deixando marcas por toda parte. Para piorar, ela resolveu ser "útil" e fez o jantar. A refeição consistiu em costeletas cozidas (quem, em sã consciência, cozinha costeletas?), nadando em água e óleo, com tomates, cebolas e pimentão verde boiando ao redor. O carboidrato era um arroz mal cozido. Será que essa mulher realmente achou que minha família comeria aquilo?

Levo minha alimentação muito a sério (meu bumbum não cresceu assim à toa). Fico extremamente irritada quando uma refeição é mal preparada, o que explica por que raramente como na casa de outras pessoas.

Eu sabia que ela tinha boas intenções, mas, depois de um dia horrível, não fui capaz de ser diplomática. Fui até o anexo e bati à sua porta. Ela abriu ainda com o uniforme de trabalho cor-de-rosa que eu havia comprado para ela. Comecei em um tom delicado, perguntando como tinha sido o dia.

"Oh, foi ótimo", respondeu prontamente. "Conheci a MaRosie da casa ao lado e ela disse que me levaria para conhecer a Pertunia, e poderíamos tomar um chá juntas."

Nossa! Eu não queria um relato detalhado do seu dia, só queria que ela não deixasse a casa uma bagunça. Então, agradeci por ter preparado o jantar e disse que não era uma de suas responsabilidades, já que Mandla e eu preferimos cozinhar. Expliquei que, de qualquer maneira, eu havia trazido comida chinesa para o jantar. "Deixei a comida para você. Por que não vai buscar? Assim não precisa cozinhar para você amanhã."

Acrescentei, pensando que a comida que minha empregada havia preparado quase fazia a Siz parecer uma boa cozinheira. Quase, mas não completamente. Por que ela não poderia ser tão boa quanto Pertunia, que é a melhor chef que uma empregada poderia ser?

Quando ela entrou na casa para buscar as costeletas cozidas e o arroz mal cozido, mostrei-lhe detalhadamente como limpar o chão. Dá para acreditar que eu tive que ensinar a uma mulher de trinta e cinco anos algo tão básico? Que droga! E eu achando que o status de "madame" seria fácil.

Parece que os homens nunca repreendem as empregadas em nenhuma situação doméstica, e isso sempre faz as esposas parecerem umas megeras autoritárias. Pergunto-me se as empregadas são uma conspiração masculina para destruir a solidariedade feminina...

A confrontação

Eu tentava me ajustar à condição de "madame", mas ainda havia alguns problemas a resolver. É verdade que a casa estava impecável, mas Marita havia desorganizado meu guarda-roupa com aquele sistema de arrumação por cores. Minha bagunça organizada desapareceu, e agora eu não conseguia encontrar meus jeans favoritos, pois, segundo a lógica dela, eu teria que procurá-los entre minhas jaquetas azuis.

Mandla se adaptou melhor do que eu, mesmo depois de ela ter feito vincos em seus jeans. Com seu bom humor característico, ele apenas sorriu, chamou-a e mostrou, na tábua de passar, como gostava que suas calças fossem passadas a ferro.

Até o primeiro encontro entre minha empregada branca e Lauren foi um verdadeiro anticlímax. Na quinta-feira, levei Marita para ser apresentada a ela, junto com um típico empadão inglês para os pseudo-britânicos. Lauren ficou boquiaberta por um momento, mas rapidamente se recompôs. Talvez todo aquele estudo cuidadoso de etiqueta e regras de protocolo reais finalmente tivesse servido para alguma coisa?

Na sexta-feira de manhã, comecei a questionar seriamente se valia a pena ter uma empregada. Já a havia apresentado a Lauren. Talvez fosse hora de desistir desse experimento. Estava pensando em encontrar outro lugar para

Marita trabalhar quando cheguei ao escritório e percebi que havia deixado o celular em casa.

Enquanto voltava para buscar o aparelho, comecei a considerar as opções: Marita era muito boa com Hintsa, mas também invadia meu espaço pessoal com frequência. Hintsa já tinha cinco anos, e eu me saí bem sem empregada desde que ele nasceu, embora com algum estresse, devo admitir.

Acontece que arranjar outro lugar para Marita trabalhar não seria possível. Ela não deve ter ouvido meu carro chegando porque, quando entrei, um dos meus álbuns do James Brown tocava no volume máximo no aparelho de som, e Marita empunhava o esfregão como se fosse um microfone, dançando como uma branca que conviveu com negras na prisão e cantando a plenos pulmões: "Say it loud: I am black and I am proud!"

Você é o quê? A cena foi tão cômica que não consegui segurar o riso. Quando Marita me ouviu, virou-se para mim com um ar envergonhado: "Desculpe, madame, eu estava só limpando o chão..." E desligou rapidamente o som.

"Não se preocupe, só vim buscar meu celular", respondi, decidindo ali mesmo que não poderia demitir uma africâner branca que cantava "sou preta com muito orgulho". Marita teria que ficar. Nem que fosse só para o alívio cômico.

Quando estava prestes a sair, tive uma ideia. "Marita?"

"Madame?", respondeu ela, com a cabeça baixa.

"Não precisa continuar me chamando de madame. Agora você é parte da família. Pode me chamar de Ma Hintsa, como fazem MaRosie e todo mundo."

"Oh, obrigada, mada... Quer dizer, MaHintsa", replicou ela.

Eu estava me sentindo um pouco culpada. A semana de trabalho havia sido tão corrida que eu tinha sido uma mãe e esposa pouco atenta, cansada demais para ouvir as histórias do dia de escola de Hintsa e cansada demais para fazer amor com meu marido. Felizmente, Mandla era um cozinheiro aceitável. Não tão bom quanto meu pai, mas suficientemente bom para preparar o jantar para ele e para nosso filho durante a semana.

Eu sei que Mandla gosta de cozinhar, mas, mesmo assim, me sinto culpada por não desempenhar meu "papel de esposa". A ideia de que cabe a mim cozinhar e limpar deve ser algo inato ou que foi martelado em minha cabeça pela sociedade, apesar de eu me afirmar feminista.

Conseguimos realizar nossa saída familiar de sexta-feira à noite, o que me fez sentir um pouco menos culpada. No sábado, Mandla acordou dando um tapa na testa.

"O que você esqueceu desta vez?", perguntei.

"Oh, amor, desculpa."

"Por quê? Esqueceu de jogar o lixo fora de novo?"

Meio sem jeito, ele se virou para mim com o que ele achava ser seu olhar irresistível, cheio de arrependimento, como um cachorrinho abandonado... "*Eish*, amor! Esqueci de te dizer que convidei meus colegas e suas esposas para jantarem aqui hoje. Você não tem planos, né?"

Que susto! Pensei que ele tinha esquecido de me avisar que um asteroide estava prestes a atingir a Terra. Gente para jantar e uma oportunidade de mostrar meus dotes culinários? Eu ri. "Não se preocupe. Thandi, a supermulher, está aqui." Então, me perguntei em voz alta se deveria ligar para meu pai para pedir sugestões de pratos para os convidados.

Mandla não achou graça. "Por que você sempre tem que ligar para o seu pai para tudo o que envolve cozinha? Ele não está aqui e quem vai comer sou eu. Por que não faz uns pedaços de frango salteados com massa? Eu adoro!"

"Oooh. Por que você é tão sensível quando o assunto é meu pai? Você sabe muito bem que ele, na cozinha, faria o Jamie Oliver e a Martha Stewart morrerem de inveja. Ou você ainda está chateado porque ele achou que o seu jantar não prestava, da última vez que veio aqui?"

Esfreguei-me nele intencionalmente para desviar sua mente para outra coisa. Não foi difícil, e logo a porta do nosso quarto foi trancada para impedir a entrada de um intruso de cinco anos.

Com o apetite despertado, mordi um sanduíche enquanto planejava o jantar. O que eu iria cozinhar? Decidi seguir a sugestão do meu marido e preparar tiras de frango salteadas com legumes, servidas com massa cabelo de anjo, pimentões, tomilho fresco e queijo ralado.

Mandla ficaria responsável pela salada — ele faz a melhor salada do mundo, só perdendo para o famoso chef havaiano Sam Choy, conhecido pelas camisetas com a frase "Nunca confie em um chef magrinho."

Com o cardápio definido, comecei a marinar o frango em temperos, adicionando um toque de vinho branco. Meu filho entrou na cozinha, bocejando e esfregando os olhos com as mãozinhas.

"Olá, meu querido. Como está o meu homem favorito no mundo inteiro?" Abaixei-me para lhe dar um beijo. "Dormiu bem?"

"Uhh. Mamãe, vou para a casa da tia Lauren." Bem, parece que o homem favorito da mamãe não quer passar tempo com a mamãe. E pensar que ontem ele ainda engatinhava atrás de mim para todo lado...

"Mas você não vai de pijama. E vê se escova os dentes antes de ir", disse, conduzindo-o ao banheiro.

"Não sei por que você me obriga a escovar os dentes quando eu acordo", reclamou. "Meu professor disse que devemos escovar os dentes depois das refeições. E se eu escovo os dentes antes de dormir, e quando eu acordo não fiz nenhuma refeição, por que você quer que eu escove de novo?"

Eu disse para ele colocar a mão sobre a boca e cheirar o próprio hálito. "Fu!", exclamou, fazendo uma careta de nojo.

"Tá vendo? À noite, enquanto você dorme, a Bruxa Má do Hálito vem e lança uma poeira mágica malcheirosa na sua boca."

Eu sabia que nunca mais precisaria convencê-lo a escovar os dentes de manhã. Quando ele descobrisse que não existia nenhuma Bruxa Má do Hálito, já estaria ocupado demais tentando impressionar o sexo oposto para se arriscar a ser pego com um mau hálito matinal.

Com o menino na casa da vizinha e longe das minhas saias, e com Mandla no consultório por algumas horas, liguei para Siz. "Quando você chega para o nosso brunch semanal?"

"Estou chegando já, e estou levando duas garrafas de vinho com o seu nome e o da Lauren escritos nelas. Tive que levar a Pertunia para a aula. Me dá vinte minutos", respondeu ela. Apesar de ser a primeira semana de Marita, ela parecia já ter se adaptado bem à comunidade das empregadas. Depois de desligar com Siz, aproximei-me do muro que separava minha casa da de Lauren e vi Marita engajada em uma conversa com MaRosie.

Quando me viram, Marita começou a bater furiosamente o capacho contra o muro, e MaRosie fingiu estar limpando a vassoura que segurava.

"*Haibo*, estavam falando de mim para interromperem a conversa tão de repente?" As duas tinham um ar envergonhado. "MaRosie, você pode chamar a MaJunior, por favor?"

Lauren caminhou até o seu lado do muro. "Em que posso ajudar?" Querida Lauren, sempre tão formal! "Mana, estou morrendo de fome. Você ainda lembra que prometeu me trazer *muffins* para o *brunch*, né?"

"Acabei de assá-los. Vou só falar com o Mike para saber se posso sair", respondeu.

"Mana, você tem que parar de 'consultar o Mike' para tudo. Vai só para a casa da vizinha, não para Marte. Diz para ele que o Júnior cuida das crianças. Te vejo em quinze minutos, certo?" Eu estava um pouco irritada com essa característica de Lauren, sempre pedindo permissão ao Mike para tudo.

Voltei-me para Marita, enquanto Lauren gingava de volta para casa. "Então, o que você vai fazer no seu dia de folga, Senhorita Preta Orgulhosa?"

"Vou fazer compras com a MaRosie assim que ela terminar de dar banho e vestir todas as crianças. Depois, Pertunia vem nos encontrar depois da aula e vamos almoçar no Chicken Licken", respondeu Marita, orgulhosa de sua habilidade de fazer amizade com as outras empregadas. Eu me senti uma pequena burguesa pretensiosa, mas estava curiosa para saber como uma empregada negra de cinquenta anos, sobrecarregada e mal paga, e uma empregada branca de trinta e cinco anos, folgada e bem paga, tinham se tornado parceiras de fofoca por cima do muro.

"Bem, na segunda-feira, quando fui buscar Hintsa na escola, assim que voltamos, ele foi direto para a casa dos vizinhos. Eu não sabia onde ele estava, mas quando ouvi sua voz, fui lá para dar uma bronca. MaRosie me disse que ele fica lá quase sempre, porque você e a mãe do Júnior são amigas. Aí ela me convidou para tomar chá na casa de Pertunia no dia seguinte, e foi assim que conheci Pertunia. Ela é muito bonita, mas MaRosie é ótima. Gosto dela... quer dizer, gosto das duas, mas gosto mais da MaRosie."

As empregadas são uma espécie interessante. Elas tomam posse de tudo o que pertence às suas patroas. Não me passou despercebido o fato de Marita se referir à casa de Siz como "a casa de Pertunia". É como dizem: quando as senhoras estão fora, as empregadas fazem a festa. É claro que Siz não sabia nada sobre o chá. Suponho que Marita ainda não tenha aprendido que há certas coisas que não devem ser contadas às patroas.

Depois, Marita murmurou confidencialmente, com um forte sotaque africâner que doze anos na prisão não tinham sido capazes de amenizar: "Você conhece a Rosie?" Eu respondi que sim. "Ela tem reclamado da MaJunior, sabe? Disse que é a primeira a acordar todos os dias e a última a se deitar, e falou que eu tenho muita sorte."

Eu sabia exatamente por que MaRosie achava que Marita tinha sorte, mas é sempre bom ouvir elogios sobre nós, então perguntei: "Por que ela acha que você tem sorte?"

"Bem, veja, porque tudo o que eu tenho que fazer é limpar a casa, pendurar a roupa para secar, passar as roupas e ajudar o Hintsa com o dever de casa. Mas ela... *Eish!* Ela tem que cozinhar, limpar, lavar a louça, lavar a maior parte das roupas à mão, mesmo tendo uma máquina de lavar, e ainda preparar todas as refeições do dia. Eu disse para ela ligar para o sindicato, porque a senhora é muito boa, mas a MaJunior não é."

O COSATU só nos trouxe problemas. Até quem não tem experiência alguma em nada fala de sindicatos. Meu Deus! Mas foi bom que Marita tenha conversado com MaRosie. Enquanto a única concorrência que eu tiver como empregadora for Lauren, sei que sempre ficarei bem na fita diante da minha empregada.

Elas chegaram ao mesmo tempo, enquanto Mandla estava saindo e elas entrando — Siz havia deixado os enteados na casa ao lado com as outras crianças.

"Ei, vocês duas!", cumprimentei-as. "O que trouxeram?"

"Como se você não soubesse... Trouxe *muffins* de queijo, assados hoje de manhã." Lauren respondeu estalando os dedos e balançando a cabeça, à la Ricki Lake, o que fez com que eu e Siz contivéssemos o riso. Boa tentativa, mas ela ainda soava como uma britânica da alta sociedade.

Peguei os *muffins*, que cheiravam maravilhosamente bem, e me voltei para Siz. "Precisamos te dar algumas aulinhas de culinária. Não entendo como você pode ser tão desprovida de conhecimento gastronômico, sendo que sua mãe é uma excelente cozinheira."

Dias atrás, Mandla e eu havíamos falado sobre a mãe da Siz e de como, à nossa maneira estranha e provavelmente masoquista, sentíamos sua falta. (Ela sempre implica conosco quando está por perto.) "Falando na sua mãe, como ela está?"

"Mana", Siz revirou os olhos com um ar insolente, "eu não faço ideia de como ela está. É melhor perguntar para a primogênita dela, Lauren, ou ligar para a filha favorita dela, Lizwe. Você sabe que eu nem ligo mais, porque estou cansada de ouvi-la dizer que casei com o homem errado e que nunca faço nada direito. Só telefono quando preciso passar algum recado, e sempre faço isso quando estou atrasada para ir a algum lugar, só para não ter que conversar por muito tempo."

Lauren entrou na conversa: "Não entendo por que você não aprecia sua mãe, Siz. Ela é a pessoa mais refinada que já conheci. Vocês duas têm muito o que aprender com ela, pelo seu discurso. Mas já que você perguntou, Thandi, a Ma acha que está com uma leve gripe, mas, tirando isso, está bem. Ela acabou de me enviar umas notinhas do *Daily Mai*l sobre o mais recente do Príncipe William. Ma acha que a moça não é tão bonita quanto minha Elizabeth, mas eu não me importo muito, porque estamos guardando a Lizzie para o dinâmico Príncipe Harry."

Siz e eu trocamos olhares e quase vomitamos. Que história era essa da Ma e da Lauren com a obsessão pela família real? Ma me torturava com recortes de jornais desde que eu estava na faculdade, e tenho certeza de que Siz os recebia a vida inteira. Quando recebo os recortes, com as pequenas legendas "editoriais" escritas a caneta vermelha, eu simplesmente os jogo fora. Sabendo que, se deixássemos, Lauren continuaria falando sobre isso e não conseguiríamos mudar de assunto, interrompi: "MaJunior, estamos aqui para um *brunch* e umas bebidas, então se você mencionar de novo seus planos de um 'chá com a Rainha', a Siz e eu vamos te expulsar."

Lauren ignorou e disse: "O problema de vocês é que não têm cultura suficiente para apreciar a monarquia. Felizmente, eu sou capaz de — parafraseando Kipling — beber com plebeus e não perder a minha virtude. E sei andar com reis — ou com a Família Real — sem perder o contato com o povo."

Siz, em tom sarcástico, respondeu: "Pois é, agora entendo que não apreciar uma senhora idosa que usa vestidos floridos, que tem um marido que acredita em OVNIs, um primogênito que gosta de medicina alternativa e um neto que fuma mais *zol* do que Mandla e Vuyo juntos é ser inculta. E quem você está chamando de vulgar, dona 'menina da fazenda'?"

A situação estava se descontrolando rapidamente. Alguém precisava pôr um fim na guerrinha entre as duas. "De qualquer forma, vocês duas, podemos prosseguir com o *brunch* e as bebidas, por favor?" Além do mais, eu precisava estar um pouco bêbada para aproveitar a discussão que eu sabia que Siz e Lauren teriam sobre Marita em algum momento.

"Ei, Thandi, sua casa está realmente limpa. Nunca a vi tão arrumada assim. Sem manchas na mesa da cozinha, sem pó no móvel da televisão, sem marcas de dedos nas paredes bege, e gostei da nova disposição dos sofás. Deixa tudo mais espaçoso. E olha como aquele retrato do Biko ficou bem ali", comentou Lauren enquanto eu batia os ovos para as omeletes. Eu não estava preparada para discutir os méritos e deméritos da minha empregada, considerando que ela reorganizou a casa inteira (sem pedir minha opinião), então me limitei a mudar de assunto, perguntando se precisávamos cozinhar algo para as crianças.

"Oh, não, a MaRosie preparou uma montanha de panquecas para o café da manhã para elas antes de sair", respondeu Lauren.

Siz serviu o champanhe, colocou um ar sério e ergueu a taça. "Senhoras, vamos ficar sérias por um momento. Quero propor um brinde." Parecia que estava prestes a dizer alguma bobagem, como sempre fazia.

Mas, em vez disso, disse: "Lauren, à sua saúde. Obrigada por treinar tão bem o seu homem, que ele está lá cuidando das crianças enquanto estamos aqui, prestes a ficar de porre."

Lauren e eu seguramos o riso enquanto brindávamos e tomamos um gole. Ela respondeu: "Como vocês sabem, Michael e eu estamos juntos desde a faculdade. Bem, para responder ao seu brinde, já disse a vocês que homens são como cães. Peguei o meu ainda filhote, então ele foi bem treinado." Agora ríamos abertamente — até que ela acrescentou, em um falso sussurro: "Embora às vezes ele morda."

Teria ouvido bem? Encolhi os ombros; Siz ergueu as sobrancelhas. Lauren e suas singularidades.

Servimos mais champanhe e, como era tradição no nosso grupo, a "vítima" escolhia o próximo alvo. Lauren ergueu a taça na minha direção. "E à saúde da esposa do doutor. Pelo marido que sabe quando não é desejado..." Mais risadas, e depois Lauren continuou, abaixando o tom de voz: "E por ela ter aderido ao clube das madames." Brindamos e esvaziamos as taças, mas nessa rodada o champanhe pareceu um pouco menos doce. Todas sabíamos que havia questões subjacentes por trás da referência às "madames". Seria possível que Lauren ainda estivesse incomodada com o fato de a vizinha negra ter contratado uma empregada branca, apesar de ter tido quase uma semana para se acostumar?

Cabia a mim restaurar o bom humor com o meu brinde, então servi mais champanhe, pisquei para Siz e disse: "E à saúde da minha velha amiga, Siz. Gostaria de encontrar um motivo melhor para brindar do que 'o seu homem mandingo!'" A leveza voltou ao ambiente. Foi divertido, embora Lauren estivesse um pouco mais calada do que o normal. Durante uma tarde louca como essa, podíamos fingir que o mundo era das mulheres e que os homens estavam apenas de passagem.

O brunch foi ótimo. Esvaziamos as duas garrafas de champanhe e eu fui buscar uma de vinho branco, que foi consumida enquanto Siz lavava a louça, eu secava e Lauren arrumava a mesa — e foi aí que a coisa começou a desandar. Quem começou foi Lauren, que, ao que parece, só precisava da água de Dionísio para soltar a língua.

"Mas afinal, o que está acontecendo, Thandi?" Lauren me lançou a pergunta com um tom que soava como sempre imaginei que os inquisidores do século 16 soariam. Eu sabia muito bem do que ela estava falando, mas queria que ela dissesse claramente, então olhei para ela com uma expressão interrogativa.

"Por que você finge ignorância quando sabe exatamente do que estou falando? Por que não me contou que estava procurando alguém para te ajudar em casa, quando já todo mundo sabia? Pensei que fôssemos amigas."

Como é que é? "Desculpa, querida, eu não sabia que precisava consultar você sobre qualquer mudança na minha vida, incluindo contratar ajuda doméstica. E por que eu teria que te contar, de qualquer forma? Será que o salário da minha empregada sai dos seus estimados bolsos acadêmicos?"

"Quando você apareceu com a Marita, disse que ela veio do centro de reabilitação. Levou a Siz contigo. Por isso, eu só pergunto: por que a Siz sabia e eu não? Pensei que fôssemos todas amigas." Lauren se fazia de coitadinha.

Thixo. Agora a chata da Lauren ia lançar a desculpa de "boa amiga" para disfarçar o choque inicial ao descobrir que eu tinha contratado uma branca como empregada. Sua próxima afirmação realmente esclareceu qualquer dúvida que a minha mente confusa e meio bêbada pudesse ter. "Quero dizer", prosseguiu, "se você tivesse me dito que pensava seriamente em contratar uma empregada, eu poderia ter pedido para a Rosie perguntar à irmã..."

Grande erro. Parecia que ela havia jogado lenha na fogueira da Nosizwe.

"Esclarece isso, Lauren", rebateu Siz. "Afinal, o problema é o fato de você querer ajudar a irmã da Rosie? Ou é o fato de a Thandi ter uma empregada e não ter te contado? Ou ainda, o fato de ela ter uma empregada branca, o que ofende seu senso de decência e sua ideia de como as coisas devem ser?"

A melhor coisa sobre os brancos é que eles têm as emoções à flor da pele. Ficando tensa como se tivesse levado um tapa, com o rosto avermelhado, Lauren praguejou no seu melhor tom de senhora-inglesa-ofendida: "Não estou falando com você, sua vaca!" Ela olhou para Siz, conseguindo mostrar-se ofendida sem deixar de ser respeitável, nem elevar a voz. Mas suas mãos tremiam, claramente agitada. "Você sempre tem que meter raça no meio de tudo. Não me interessa de que raça seja a empregada de ninguém, mas se a Thandi tivesse me contado que havia uma senhora no centro de reabilitação precisando de ajuda, eu teria tentado arranjar para ela um emprego de telefonista na Universidade, ou algo assim."

Contradição? Claro que sim, e Siz aproveitou a oportunidade para atacar.

"Empregá-la como telefonista? Então, por que não faz isso pela irmã da Rosie? Será que ela é negra demais para fingir ser 'senhora' e atender o telefone?"

"Como você se atreve?" gritou Lauren, e a dama de bons modos desapareceu quando ela jogou todo o conteúdo de seu copo de vinho na cara de Siz.

Certamente todas nós tínhamos bebido um pouco demais, mas nunca imaginei que a discussão fosse chegar a esse ponto. Siz deu um tapa em Lauren, e eu tentei me meter no meio para acalmá-las, mas estavam completamente furiosas e só consegui ouvir ambas gritarem: "Não se meta nisso, Thandi. Isso é entre nós duas."

Tudo bem, isso faria sentido se elas não estivessem na minha casa, brigando por causa da minha empregada. Fui tentada a expulsá-las a pancadas com o rolo de massa. Enquanto ia buscá-lo na gaveta da cozinha, Lauren — não sei como — conseguiu derrubar Siz e sentou-se em cima dela (com seus bem distribuídos 89 quilos). Siz, por sua vez, não se rendeu e agarrou um punhado das madeixas loiras onduladas de Lauren.

Foi nesse momento que meu filho entrou, todo molhado.

"Tia Lo! Tia Siz! Eu também quero brincar!" Isso as trouxe de volta à realidade. Lauren se levantou desajeitadamente, tentando, sem sucesso, recuperar a dignidade, e Siz fez o mesmo. "Eu estava só mostrando para a tia Siz um golpe de luta livre, mas já terminamos", disse Lauren para Hintsa.

Siz, que não gosta de ficar por baixo, acrescentou gaguejando: "E eu estava só mostrando para a tia Lauren como dói quando puxam nosso cabelo." Nesse ponto, eu tentei distraí-lo fingindo estar zangada: "Rapazinho! O que você está fazendo aqui, molhando todo o chão?"

Aparentemente, ele tinha se esquecido de pegar uma toalha de banho. Fui ao banheiro buscar uma e disse para ele chamar os pequenos Vuyos, porque a tia Siz estava "de saída". Olhei severamente para as duas. Não queria aquelas malucas bêbadas na minha casa nem por mais um minuto, quebrando a mobília toda. Lauren saiu logo após Hintsa, e Siz a seguiu, ambas me lançando olhares como se eu tivesse as maltratado.

Sem amigas

A noite de sábado com os colegas do Mandla (Chukwu e Kamau) e suas parceiras foi divertida e me ajudou a esquecer a súbita saída de Siz e Lauren. O charmoso Chukwu, que trouxe sua atual fã-do-momento, Lerato, rapidamente voltou ao seu ego machista depois de algumas bebidas.

"Sua esposa realmente sabe como alimentar um homem, Mandla. Tenho certeza de que valeu cada centavo do dote que você pagou por ela. Mas talvez não seja uma boa ideia deixá-la trabalhar fora de casa. Ela provavelmente iria te colocar para trocar as fraldas do Hintsa."

Eu não estava com disposição para suas provocações e me limitei a ignorá-lo, mas a esposa do Kamau, Njeri, uma beldade minúscula de pele escura e com uma paixão feminista que contrastava com seu tamanho, rebateu com firmeza:

"Eu preferiria ignorar esse comentário idiota, Chukwu, mas não posso acreditar que o governo sul-africano, com sua grande constituição, tenha te autorizado a residir e trabalhar na África do Sul. De que buraco você saiu lá na Nigéria, onde a única coisa que as mulheres fazem é cozinhar e limpar?"

Quem fala o que não deve, ouve o que não quer. Kamau tentou intervir: "Mas amor, você tem que admitir que a Bíblia estava certa ao dizer 'O Homem é a cabeça do lar'."

Njeri virou-se para o marido: "Que versículo e capítulo? Odeio quando vocês, porcos machistas, recorrem a citações da Bíblia quando lhes convém. Espero que a casa da qual você é o 'cabeça' não seja a mesma cuja hipoteca eu pago, porque essa foi a coisa mais idiota que ouvi de você em nossos oito anos de casados."

Vendo meu silêncio e esperando que outra mulher se juntasse a ela, Njeri se virou para Lerato. "Você não acha que esses homens são ridículos, Lerato?"

Lerato, sabendo exatamente de onde vinha seu sustento (ou, para ser mais exata, quem pagava suas contas), balbuciou: "Humm, bem, eu acho que o Chukwu tem razão."

Njeri ficou incrédula: "Oh-oh. Você acha que o Chukwu tem razão? O que exatamente você faz para ganhar a vida, Lerato?" Droga, a temperatura estava subindo.

Mandla interveio no papel de perfeito anfitrião: "Não se preocupe, Njeri. Não sei se minha opinião importa, mas eu acho"—piscando para Chukwu—"que Chukwu é um porco sexista e que não havia absolutamente nada de errado em eu trocar as fraldas do meu filho. E, Chukwu, até você sabe que não estaríamos aqui se não fossem as mulheres fortes que sempre nos apoiam. Eu não seria quem sou sem o apoio da minha mãe e das minhas irmãs, e agora, da minha esposa."

"Oh, Kamau", disse Njeri, agarrando o braço do marido, "por que você não aprende a ser mais como o Mandla? Pode ter certeza de que você teria mais sexo se fizesse isso."

"Pensei que você tinha dito que gostava de um homem macho?" rebateu Kamau. "Tem que admitir que o Mandla é um pouco metrossexual com essa história de trocar fraldas."

"Sim, mas isso é muito sexy. Francamente, acho que o Beckham é muito mais atraente do que o Idi Amin jamais foi, mesmo na sua fase mais rica e poderosa", replicou Njeri, sempre ansiosa por ter a última palavra.

Então me meti na conversa: "Detesto estar do lado do Chukwu nesse ponto, mas realmente homens metrossexuais não são tão atraentes assim, Njeri. Imagina você diante do espelho, competindo com seu homem para ver quem está em melhor forma? Além disso, se Deus quisesse que Adão fosse ao spa, Ele teria criado amigas!"

Falando nisso, parecia que agora eu não tinha nenhuma. Na manhã seguinte à "Grande Luta de Gatas", como foi apelidada pelos homens de nossas vidas, vi Lauren por cima do muro e a cumprimentei. Ela me olhou como se eu não estivesse ali. Quando liguei para Siz, ouvi-a dizer para Pertunia, que atendeu o telefone: "Se for a Lauren, diga para ela esperar; se for a Thandi, diga que eu não estou." Espera aí! Essa mulher brigou com Lauren na minha casa e, mesmo assim, prefere falar com ela do que comigo? Até parece que fui eu quem instigou a briga entre as duas!

Okay. Talvez eu tivesse causado indiretamente essa situação ao contratar Marita. Mas eu precisava justificar minha escolha de empregada para alguma delas? Além disso, na época, Siz achou que era uma ideia brilhante, e Marita estava fazendo um bom trabalho com meu filho. Filhas da mãe! Eu tenho meu marido, meu filho e meu emprego, e se elas vão agir de forma imatura em relação a tudo isso, então provavelmente foram uma perda de tempo... Adeusinho, idiotas! Quando contei para Mandla como minhas antigas amigas tinham me tratado, ele disse que sentia muito por toda aquela situação e sugeriu que eu falasse com elas, duas semanas depois, quando estivéssemos mais calmas. Nem morta eu daria o primeiro passo para nos reconciliarmos.

"Elas que venham falar comigo. Não fui eu que as fiz começar a brigar. A verdade, amor, é que eu tentei impedir que elas brigassem", eu disse. E Mandla respondeu, sem muita sensibilidade: "Sim, amor, mas você as expulsou da sua casa."

"Desculpa!? De que lado você está, afinal? Eu sou sua esposa, lembra? Então, acha que a culpa é toda minha? Certo. Mas me diz uma coisa, você deixaria alguém brigar e bagunçar tudo, quando está esperando convidados? Eu tenho um tapete cor de marfim, poxa!" Acrescentei, murmurando: "Claro que isso não te interessa nem um pouco. Eu é que tenho que cuidar de tudo, enquanto você só quer ter uma casa limpa e uma esposa bonitona para impressionar seus amigos."

Mandla percebeu que tinha lidado mal com a situação. "Claro que não, amor."

"Claro que não o quê? Não espera ter uma esposa bonitona ou eu não sou bonitona?" Sabendo que estava pisando em terreno perigoso, Mandla rapidamente inverteu a situação: "Claro que não, a culpa não foi sua, e eu não espero que deixe alguém brigar e bagunçar tudo quando está esperando convidados. Acho que eu teria feito o mesmo. E já te falei como o seu bumbum fica fabuloso nesses jeans?"

"Sério?" disse eu, analisando-me em um dos espelhos longos que coloquei estrategicamente no corredor de

entrada para ampliar o espaço, como a Oprah recomendou.
"É mesmo, né? Não fica? Mas eu achei que estava engordando um pouco."

"Engordar, você? Nunca. Está tão em forma quanto antes do Hintsa nascer", disse meu marido, aproximando-se. Ele poderia ter dito dois meses antes de nosso filho nascer, mas eu não ia me aprofundar nisso. Mandla era a única pessoa do meu lado, e, por enquanto, eu aproveitaria o momento.

Mas ele também me traiu no dia seguinte ao convidar Vuyo e Mike para virem tomar uns drinques. Mike, um pouco pervertido demais para o meu gosto, disse: "Então, como foi a luta? Quem ficou por cima?" O sujeito provavelmente estava fantasiando duas mulheres besuntadas de óleo brigando pelo carinho dele. Ah, os homens simplórios! Parece que querem tão pouco da vida além de carros, sexo e cerveja. Não ia perder meu tempo detalhando as fantasias sexuais deles, então fui tirar uma soneca.

Porém, comecei a perceber o quanto era triste estar só com a minha própria companhia, e com Mandla no consultório até nos finais de semana, eu não suportava isso. Até o momento da briga, não tinha percebido o quanto dependia da minha política de "porta aberta" com Lauren. Eu a via apenas como a vizinha branca e, agora, me dava conta da importância dela na minha vida.

O pior é que eu não sabia por que minhas amigas estavam me excluindo. Que se danem! Passei a mandar Marita buscar meu filho na casa da vizinha todos os dias. "Mamãe, você não é mais amiga da tia Lauren?" ele acabou perguntando.

Eu não podia mentir para ele. "Querido, a mamãe e a tia Lauren apenas discutiram bastante, mas vamos falar sobre isso quando estivermos prontas."

"Então, ainda posso ir brincar com a Diana na casa da tia Lauren?" perguntou, talvez sentindo que estava traindo a mãe. A culpa me corroeu. Eu estaria colocando a vida social do meu filho em risco por causa do meu orgulho? Mas foram elas que me ignoraram! Elas que estavam destruindo minha vida social. Que droga!

A verdade é que eu sentia falta de conversar com Lauren por cima do muro sobre as crianças. Sentia falta de receber diariamente dela o meu horóscopo. Sentia falta de ouvir da Siz os últimos dramas das ex-mães-fabulosas-de-*-loxion*. Sentia falta de reclamar do Mandla para ouvidos compreensivos.

Na segunda semana de exclusão, voltei do trabalho e vi o carro de Siz estacionado na frente da casa de Lauren. Siz, que era tão obcecada pelo trabalho que nunca visitava ninguém durante a semana... Talvez estivessem ambas tentando firmar uma posição. E às nove da noite, quando olhei pela janela, o carro dela ainda estava lá. Vacas! Como se não bastasse a ausência delas na minha vida, minha empregada andava fofocando com MaRosie, e sempre que me via chegar, ficava quieta e fingia que estava limpando. Depois de ser a vida inteira a "Miss Popularidade", eu começava a perceber como deviam se sentir aquelas garotas gordinhas e com acne que sofriam bullying. O estilo de vida de eremita não era para mim. Liguei para o meu pai para reclamar (e também na esperança de que ele passasse a mensagem para Vuyo, que poderia conversar com sua esposa).

"O que está acontecendo?" ele perguntou.

"Pai, há dois meses, Siz e Lauren tiveram uma briga na minha casa, e eu coloquei as duas para fora. Liguei no dia seguinte, mas ambas se recusaram a falar comigo e continuam me excluindo."

"Ah, a famosa briga?"

"Pai, como soube da briga?" perguntei, sem surpresa.

"Vuyo me contou quando falei com ele outro dia. Filha, você deveria tentar resolver isso, porque vocês precisam umas das outras. Pode não ser tudo como parece."

"Do que está falando, pai?" Senti um pânico crescente.

"Só estou dizendo que você deveria conversar com o Vuyo e o Mike e descobrir por que as meninas estão bravas, e por que se recusam a falar com você. Engula o orgulho e faça as pazes com suas amigas, teimosa!" ele disse, severamente.

"Pai, você me conhece melhor do que isso. Elas que venham falar comigo. Dias atrás, liguei para a Siz e ela se recusou a atender, e Lauren age como se eu não existisse, mesmo quando estou na casa ao lado."

"Tudo bem, faça o que quiser", meu pai parecia aborrecido. "Mas deixa eu falar com o meu homenzinho, se ele estiver por aí."

"Não está, foi para a casa da Lauren. Não sei por que ele não pode ficar aqui e passar um tempo com a mãe", disse eu, com autocomiseração.

"Talvez a mãe seja um pouco infantil demais para ele ficar? Olha, Thandi, crescer tem a ver com as pessoas se perdoarem umas às outras. Agora tenho que ir. Meu ajudante da fazenda está aqui e quer que eu o leve para Queenstown. Te amo."

"*Ya, ya*, também te amo, papai. Mas fala com o Vuyo por mim e descobre por que elas estão tão bravas comigo..."

"Tandile, já te disse que não vou me meter nos assuntos de uma mulher adulta. Sente falta das suas amigas? Então fale com os maridos delas e descubra o que está errado." E desligou. Meu próprio pai tomando o partido delas, e eu nem sabia que mal eu havia feito!

Por que todo mundo fazia parecer que a briga tinha sido minha culpa? Até minha empregada estava me traindo — ouvi-a dizer para MaRosie que eu estava sendo teimosa. Quando me viu, ela se ajoelhou e fingiu que estava arrancando ervas daninhas. Como se estivesse escrito "idiota" na minha testa! Eu estaria agindo infantilmente, como meu pai me acusou? Se tivesse que responder honestamente, diria que sim. No entanto, as melhores guerras entre mulheres sempre são assim.

Enquanto eu esperava que minhas amigas percebessem o erro do seu comportamento, Marita e eu ficamos bastante próximas, já que eu não tinha mais ninguém para fofocar. Eu deixei de ser "madame" e passei a ser simplesmente MaHintsa, e ela, para Hintsa, era a tia Marita.

"Vai ao cinema?" perguntei para ela em um sábado à tarde, esticada na minha rede no jardim, quase adormecendo. Os rapazes tinham ido ao Soweto visitar a vovó. Eu sentiria falta de Marita em seu dia de folga, porque eu já não tinha amigas. "Sim", balbuciou, mas vi que ela queria confidenciar algo, pois estava com a expressão de quem tinha uma fofoca quentinha para contar. Esperei que fosse alguma coisa que nos levasse, eu e as minhas manas, a voltarmos a nos falar. No entanto, quando me contou, desejei que nunca tivesse aberto a boca.

"*Hawu,* MaHintsa, você não vai acreditar no que eu ouvi!" Sorri. Ao ouvi-la falar, dava para ver que ela tinha passado tempo demais com MaRosie e Pertunia. Respondi com um suspiro, imitando seu tom conspirativo. "*Hawu,* tia Marita, o que foi que você ouviu?"

Ela riu da minha imitação e depois ficou séria. "Ontem fomos tomar chá com a Pertunia. Ela nos mostrou um colar que ganhou do namorado." Então Pertunia tinha um namorado? Bom para ela. Talvez ficasse menos tensa. "Que bom", respondi, indiferente. Aquilo não merecia ocupar meu tempo. Mas Marita era insistente.

"Ya... Mas você não vai adivinhar quem ela disse que é o namorado." Eu limpei a poeira invisível dos meus óculos escuros e bocejei. "Não. Quem?"

"Vuyo", afirmou, sabendo que eu me chocaria.

"O quê?", gaguejei, levantando-me da rede tão depressa que quase caí. "Para de brincar assim, Marita. Isso não tem graça!" gritei, recuperando a compostura e recolhendo meus pertences que haviam caído da rede.

"É sério!" disse ela, com uma expressão grave.

Peguei-a pela mão, levei-a para a mesa sob o jacarandá, fiz com que se sentasse e pedi que me contasse tudo o que sabia.

"Bem, realmente eu não deveria contar para ninguém. Talvez seja um erro. Ela disse que era um segredo entre eu e MaRosie", disse Marita, um pouco hesitante.

"Já te disse para me contar tudo o que sabe, Marita. Ou pode guardar seus segredos na casa da Pertunia — oh, é verdade, ela não tem uma casa." Marita nunca tinha me visto assim. A madame ordenou, então ela começou a falar.

"Um dia, há cerca de dois meses, Vuyo foi para casa na hora do almoço porque tinha esquecido alguma coisa." Marita se inclinou para mim, olhando ao redor para se certificar de que ninguém podia ouvir. "Encontrou Pertunia no quarto deles, enrolada em uma toalha... Aplicando a maquiagem cara da Siz. Ela levou um grande susto, mas o que ela podia fazer?"

Agora, Marita estava pegando o jeito — e eu, claro, era um público entusiasmado. Ela se aproximou mais. "Ele perguntou o que ela estava fazendo e ela só olhou para ele assim", Marita abaixou o queixo e sugou as bochechas, piscando repetidamente, em uma imitação estranhamente perfeita de Pertunia, a *femme fatale*. "E ela perguntou, 'Fico bem assim?' e então ele disse, 'Bem, deveria fazer isso mais vezes' e depois..." Marita abaixou a voz a um murmúrio para a revelação final: "ele começou a escovar o cabelo dela!" Parece que uma coisa levou a outra e o resto, como dizem, é história. A partir desse dia, o Vuyo Ratazana passou a ir para casa todos os dias na hora do almoço para seu namorico com a empregada, enquanto a esposa cansava o corpo perfeitamente esculpido para garantir que ele tivesse um teto sobre aquela cabeça inútil. É o que se chama morder a mão que te alimenta. Parece que, no final das contas, a mãe da Siz tinha razão.

Tendo soltado essa bomba, Marita foi alegremente ao cinema, me deixando em total agitação mental, com a cabeça a mil. O que fazer?

Ah, merda. Por que a Siz? Depois de tudo o que ela fez por aquele idiota e pelos filhos horríveis dele. Eu precisava de uma boa bebida. Caminhei até o bar na varanda e bati com os punhos no balcão, desejando que fosse outra coisa qualquer, outra pessoa qualquer. Por que a Siz? Por que o Vuyo tinha que fazer uma coisa dessas com uma mulher que tentou dar tudo a ele? Ingrato! Eu não tinha ninguém mais por perto com quem falar sobre isso, exceto Mandla.

"Você sabia que o Vuyo estava dormindo com a Pertunia?" perguntei a ele mais tarde, naquela noite, enquanto Hintsa tomava banho e não podia nos ouvir.

Mandla respondeu afirmativamente, aparentemente mais chocado pelo fato de eu ter descoberto do que pela irresponsabilidade do Vuyo Ratazana. Agiu como se tudo fosse completamente normal. Eu não conseguia entender. Pensando bem, eu deveria ter percebido.

"*Uyazini?* Eu não acredito, Mandla. Nem queira saber o que estou pensando de você neste momento, por ter escondido uma coisa dessas de mim e da Nosizwe! O que mais está escondendo de mim?"

"Nada, amor. Pelo amor de Deus. Você está exagerando. Só achei que não tínhamos que nos meter nos assuntos deles."

"*Hawu*, Mandla! Não é nada com a gente? Que outra família temos deste lado de Gauteng além de Siz, Vuyo, Lauren e Mike?" Então, ocorreu-me que talvez fosse uma conspiração masculina. Lembrei-me da conversa que tive com meu pai. "Meu pai e o Mike sabem?"

Seu lento aceno de cabeça me fez lamentar todas as vezes que traí a confiança de uma mulher contando algo a um homem. Então, essa coisa de irmandade masculina era profunda, até mesmo para homens que só se tornaram amigos por causa das filhas ou das esposas. Filhos da mãe!

"Sabe de uma coisa, *bhuti?*" Agora, Mandla sabia que estava prestes a levar. Eu nunca o chamava de "bhuti", exceto quando estava mais furiosa do que um bando de escorpiões famintos.

"*Yini manje?*", ele respondeu, sem ânimo.

"Eu sei que metade desta propriedade é sua, então vou facilitar a vida para os dois. Nunca mais traga o Vuyo Ratazana aqui quando eu estiver em casa, e nem se atreva a dizer a ele que eu sei por que ele é uma ratazana. Senão, vai dormir no sofá pelo resto da sua vida. Entendeu?"

"E o que você vai fazer?" Mandla parecia desafiador, apesar da bronca. "De repente, vai voltar a falar com a Siz? Vai ligar para ela e dizer: 'Ah, sinto muito pela nossa briga, mas estou ligando para te contar que seu marido tem andado beliscando na panela da sua empregada'?" Ele tinha razão, mas dessa vez eu não ia deixar ele vencer. Eu não sabia o que ia fazer, mas depois da minha ameaça de sanções no quarto, percebi que tínhamos chegado a um acordo. Tecnicamente, não era nada comigo, como Mandla dissera. Mas, caramba, a Siz é minha irmã. Passamos juntas por bons e maus momentos. E eu também sabia que, se a mesma coisa acontecesse comigo, a Siz me contaria. Isso é sororidade, não é? Passamos por muita coisa juntas para escondermos uma coisa tão importante uma da outra.

Isso já tinha durado tempo demais. Dado o que estava em jogo, eu tinha que dar o primeiro passo. Meu pai tinha razão, como sempre. Além disso, apesar de eu, Siz e Lauren termos tido desentendimentos antes, nunca tínhamos passado tanto tempo sem falar umas com as outras. Eu precisava resolver isso. Precisava resolver isso não só porque sentia falta das minhas amigas, mas também, e principalmente, para arranjar um jeito de contar à Siz sobre a infidelidade do Vuyo. Se ela escolhesse ficar com ele, seria uma decisão dela, mas pelo menos minha consciência não carregaria esse fardo. E, para falar a verdade, eu precisava resolver isso para ser "a pessoa mais sensata entre nós".

Eu nunca ganharia um Nobel de Literatura, mas sempre fui melhor em expressar minhas opiniões no papel. Então, escrevi uma carta para elas. Acreditava que essa carta, se lida e compreendida por elas, resultaria em nunca mais nos falarmos, ou nos levaria a reexaminar nossa relação e, quem sabe, a nos tornarmos melhores amigas. Coloquei mãos à obra antes que me arrependesse. Isso foi o que escrevi:

Queridas Madames,
(todas temos empregadas e assistentes, então é isso que somos)

Estamos zangadas há quase um mês, o período mais longo que passamos sem falar umas com as outras. Meninas, escrevo isso porque sinto falta de vocês. Escrevo porque espero que seja possível consertarmos a nossa relação, mas, acima de tudo, porque todas precisamos refletir sobre a dinâmica da nossa amizade. Ao fazer isso, tentarei ser o mais objetiva possível, sem poupar ninguém, inclusive eu mesma. Se, por acaso, alguma de vocês (ou ambas) achar que não há nada que valha a pena salvar, então assim seja — e podem ignorar isto como os delírios de uma louca que sente falta de uma vida com uma companhia feminina solidária.

Acredito que a nossa briga e a luta de vocês (que, olhando para trás, foi até engraçada — desculpem!) tiveram mais motivos subjacentes do que o simples fato de eu ter contratado uma branca como empregada. Por isso, vou tentar ser o mais sincera possível.

Do meu lado, estou ciente de que muitas vezes deixo vocês lutarem minhas batalhas. Faço isso ao não expressar o que realmente sinto sobre certas situações para nenhuma de vocês. Em vez disso, desabafo para uma terceira pessoa na ausência da pessoa em questão. É assim que ambas acabam sabendo o que me incomoda, e muitas vezes brigam no meu lugar. Não tenho sido justa com vocês.

Além disso, já que estou aqui sendo honesta, preciso admitir para vocês que, embora Marita agora seja inestimável para mim nos serviços domésticos, inicialmente a contratei para ver qual seria a reação da Lauren. O fato de eu ter tentado te provocar, Lauren, é um acinte, e por isso peço perdão. No entanto, agora que ela está trabalhando para mim (e espero que por muito tempo), gostaria que você conseguisse não se importar com a cor dela, e que a tratasse como você trataria qualquer outra pessoa, independentemente da raça.

Prometo que tentarei ao máximo ser mais honesta com ambas sempre que eu estiver insatisfeita com alguma coisa. Portanto, aqui vai, Lauren: A maneira como você trata a MaRosie me incomoda muito (e tenho certeza de que falo também pela Nosizwe).

Embora a Siz e eu sejamos pessoas negras privilegiadas, ainda respeitamos a MaRosie em virtude da sua idade, como a nossa cultura exige, e esperamos que você consiga demonstrar a ela o mesmo respeito que demonstra para a Ma, sem esquecer, é claro, que ela é uma funcionária. Digo isso, em especial, porque já vi você demonstrar solidariedade para com idosos brancos pobres. Também me sinto muito desconfortável com as generalizações que você, às vezes, faz sobre as pessoas negras, e como, quando te contesto com exemplos meus e da Siz, você diz que somos a exceção à regra. Há muita gente como

nós, de onde viemos. Assim como há muita gente como você que alcançou sucesso pelo próprio esforço e agora é bem-sucedida.
Nosizwe: você muitas vezes ataca a Lauren por causa da "branquitude" dela. Eu te conheço bem, e me divertia citando Aggrey of Africa quando estávamos no Sindicato dos Estudantes Negros, nos tempos da universidade:
"Se eu morresse e fosse para o Céu e Deus me perguntasse se eu queria voltar à Terra como homem branco, eu diria 'não'. Me faça o mais preto possível, e me mande de volta."
Sim, você e eu amamos a nossa negritude, e temos orgulho dela como só um povo que foi privado de sua identidade por tanto tempo pode ter, mas a Lauren não precisa pedir desculpas por ser branca. Ela não escolheu isso, assim como nós não escolhemos ser negras. Ou do sexo feminino. Somos o que somos por acidente de nascimento, ou, se fôssemos religiosas, diríamos, "pela graça de Deus". Você e eu fomos criadas com mais privilégios do que a Lauren. Enquanto alguns brancos na África do Sul massacravam e exploravam nosso povo e se beneficiavam dos direitos que a era do apartheid lhes deu, a Lauren era tão jovem quanto nós, e está tentando sobreviver e deixar seu legado, como todos nós, na nova e, ao mesmo tempo, antiga África do Sul. Não devemos responsabilizar a Lauren por todas as loucuras das pessoas brancas, como a escravidão ou a mudança do nome de Mosi oa Tunya — assim como você, Lauren, não deve responsabilizar todos os negros pelos massacres em igrejas ou pelos assaltos a carros que alguns negros cometem. Devemos ser capazes de ver um documentário sobre as mazelas da sociedade e reconhecer que o mal é errado, seja ele cometido por brancos ou por negros, sem nos tornarmos ofensivas ou defensivas.
Eu sei que a demografia do nosso país é tal que você, Lauren,

ainda não pode ir ao Soweto com a Siz e comigo sem que as pessoas se refiram a você como "a amiga branca da Nosizwe e da Thandi", e nós não podemos ir com você às festas de alguns amigos seus sem que as pessoas se refiram a nós como "as amigas negras da Lauren".

Nosso país pode ser uma nação, mas ainda somos de diferentes cores e tons e carregamos nossos preconceitos estabelecidos por muitos anos de apartheid. Mas eu realmente acredito que, apesar de não conseguirmos mudar o país, podemos mudar as pessoas com quem temos contato por meio das nossas amizades e daquilo que aprendemos umas com as outras.

Espero que todas nós reflitamos sobre o que eu disse, para nos tornarmos pessoas melhores. Meninas, sinto muita falta de vocês e espero que entrem em contato comigo o mais rápido possível.

Com muito amor,
A Madame do 279

Concluída a carta, imprimi duas cópias, as envelopei e dei-as à Marita para as entregar em mão na manhã seguinte. Ela pareceu surpreendida, mas não tanto como o Mandla, que nunca, mas nunca, tinha me visto fazer concessões.

Na terça-feira seguinte ao envio da carta, ficou claro que eu não podia prescindir da Marita. Eu estava em uma entediante reunião de planejamento financeiro quando recebi uma ligação desesperada do meu filho. Ele parecia estar chorando. Pedi licença ao contador para poder ter um pouco de privacidade, e ele saiu do meu escritório com um olhar que me pareceu dizer "não se pode contar com uma mulher para fazer o trabalho de um homem". Não me importei. Estava preocupada, pois meu filho só tinha permissão para ligar para o meu trabalho em caso de extrema urgência.

"Qual é o problema, meu querido?" A resposta: "A Marita me bateu."

"O quê? O que aconteceu, querido? Pode aguardar um momento enquanto ligo para a Marita em outra linha?"

Eu estava preocupada, mas duvidava que a Marita tivesse batido nele sem motivo. Ela gostava demais daquele menino. Quando liguei para ela, Marita me atendeu calmamente, embora eu sentisse um leve tom de inquietação, talvez por receio de perder o emprego. Fui direta ao ponto: "Você bateu no Hintsa?"

"Sim", admitiu. "Dei uma palmada nele por ter sido atrevido comigo."

Apesar de estar um pouco nervosa, eu pensei que, apesar de ela ter matado o marido no passado, Marita não parecia ser uma pessoa violenta, a menos que realmente fosse provocada. Então, conclui que a palmada tinha sido dada por um bom motivo. Nunca havíamos discutido sobre disciplinar o Hintsa, então achei que seria uma boa ideia deixá-la um pouco preocupada por ter dado um castigo sem antes falar comigo. Disse a ela que conversaríamos quando eu chegasse em casa, e dei a mesma resposta ao Hintsa quando voltei a falar com ele — embora ele tenha defendido veementemente sua inocência.

Mais de uma vez, eu havia ficado irritada com Hintsa por não arrumar o que ele mesmo bagunçava, tarefa que ele fazia antes da chegada da Marita, mas que de repente se tornou "muito difícil". Mandla também tinha uma boa parcela de culpa por deixar nosso filho se transformar em um *piccanin baas*. Uma vez, quando mandei Hintsa limpar os sapatos, seu pai, ignorando as regras de confronto entre mãe e filho, se intrometeu e disse para o menino perguntar para mim por que nós tínhamos uma empregada. O filho, claro, repetiu a pergunta do pai e levou uma boa bronca da mãe, mas talvez os danos já fossem inevitáveis.

Então, voltei para casa e encontrei um menino de cinco anos emburrado e uma empregada com um semblante resoluto. Pedi que Hintsa fosse para o quarto enquanto eu conversava com Marita, já que nunca fui de constranger adultos na frente de crianças, porque isso ia contra a hierarquia na minha casa.

"Então, pode me contar o que aconteceu?" pedi a Marita. Eu não me opunha que meu filho levasse uma palmada de vez em quando, mas também não queria que ela pensasse que podia fazer isso com regularidade, então eu precisava parecer rigorosa. Ela provavelmente estava se perguntando se seria simplesmente demitida ou se seria demitida e exposta publicamente, acusada de maus-tratos infantis. Admiravelmente, só o tom acinzentado de sua pele denunciava o medo. Quando respondeu, sua voz era firme.

"MaHintsa, fui buscá-lo na escola e fiz um sanduíche para ele, mas ele se recusou a comer porque estava cortado em quadrados e ele queria que fosse em triângulos. Então, fiz outro sanduíche cortado em triângulos. Quando terminou de comer, ele ficou parado no meio da cozinha, que eu tinha acabado de encerar, e fez xixi no chão!"

Eu não precisava de mais explicações, já estava completamente do lado da Marita. "Que moleque atrevido!" exclamei, reprimindo uma risada de indignação. "E o que você fez depois?"

"Eu mandei ele limpar", respondeu Marita, e eu acenei para que ela continuasse. "Então, ele disse que eu sou paga para limpar."

Balancei a cabeça, perplexa. "Então, eu o agarrei, abaixei os shorts dele e dei cinco palmadas no bumbum, uma para cada ano de vida que ele tem", prosseguiu. "Depois fui buscar o esfregão, entreguei a ele e disse que bateria mais se ele não limpasse bem o chão. Ele limpou, mas chorando o tempo todo, e quando terminou, foi aí que ele ligou para você."

Fiquei impressionada. Se aquilo fosse uma peça de teatro, eu teria aplaudido de pé. No caso, agradeci a ela e disse que nunca tolerasse insolências do menino, e chamei Hintsa.

"Pode me dizer por que a Marita te bateu?", perguntei, ajoelhando para ficar à sua altura e fazendo-o acreditar que eu estava do lado dele.

"Não sei, só me bateu", ele respondeu, com a desculpa boba de uma criança de cinco anos.

"Sim, meu querido, mas é difícil acreditar que ela tenha te batido sem motivo. Não se esqueça de que a mamãe sabe de tudo. E se a mamãe descobrir que você está mentindo, alguém não vai para as férias no Cabo Oriental."

Quando fosse adolescente, ele provavelmente perceberia que a mãe era só mais uma adulta que não sabia de tudo, mas aos cinco anos, ainda era fácil convencê-lo de que eu tinha uma mente onipotente. Ele murmurou algo.

"Desculpa, o quê? Fala alto, a mamãe não ouviu."

"Eu disse que [murmúrio, murmúrio] no chão."

"Querido, o que você fez no chão? Não faça a mamãe perder tempo, você sabe que ela ainda tem que fazer o jantar."

"Fiz xixi."

"E por que fez isso se sabe onde fica o banheiro?"

"Porque sim..."

"Porque sim? Então, a mamãe vai te dar umas boas palmadas nesse bumbum porque sim."

"Não, por favor, mamãe. Desculpa, estou arrependido", disse o menino, com lágrimas escorrendo pelo rosto.

Quando era pequena, descobri que conseguia chorar sempre que quisesse, se me esforçasse o suficiente e pensasse numa coisa triste. Desde então, tenho conseguido chorar quando quero, e, por isso, as lágrimas não me comovem — sei muito bem que são ferramentas de manipulação. Ver as lágrimas do meu filho não era diferente.

"Não, você não está arrependido. Porque se estivesse arrependido não estaria pedindo desculpas a mim, mas sim à tia Marita, não é?" Respondi-lhe.

"Tia Marita, desculpa", disse ele, choroso.

Ela gentilmente aceitou as desculpas, e ele prometeu não voltar a fazer aquilo, tendo aceito o seu castigo como um homenzinho — e desta vez nem um gemido se ouviu. A partir desse dia, a palavra da Marita tornou-se lei na nossa casa, e quanto ao Hintsa, amava-a e, sinceramente, posso dizer que depois desse episódio passou a respeitá-la mais do que ao próprio pai.

Penso que foi a partir desse dia que eu, como todas as madames desde tempos imemoriais, comecei a questionar como consegui viver sem a minha empregada. Deixando de lado os estatutos de madame e de empregada e, apesar de ser péssima cozinheira, a Marita tinha-se tornado um membro muito importante do nosso lar.

Tudo numa boa?

Todos os dias, desde que escrevi a carta, eu chegava em casa esperando encontrar uma resposta, mas durante cinco dias... Nada. Comecei a me sentir um pouco estúpida por tê-la escrito. Talvez eu tivesse sido apressada demais. Talvez eu tivesse sido sincera demais. Talvez eu devesse ter enviado apenas um breve bilhete dizendo: "Seja o que for que fiz de errado, peço desculpas. Por favor, entrem em contato. Estou morrendo de saudade de vocês." Eu começava a me sentir como na época do ensino médio, quando dei meu número para o garoto mais bonito da escola e ele levou três semanas para me ligar. (Claro que, quando finalmente ligou e percebi que ele realmente gostava de mim, mas era muito tímido, eu já tinha perdido o interesse.)

Mandla se divertia muito com meus esquemas; ficava sempre olhando para o telefone e levantava o aparelho, como se quisesse verificar se ainda tocava. Parecia que elas estavam simplesmente me ignorando. Quando eu estava prestes a desistir delas, no começo da noite de sexta-feira, enquanto me preparava para uma sessão de boliche com Mandla e Hintsa, recebi uma carta entregue pela MaRosie. "É tão bom ver você, MaHintsa", disse MaRosie alegremente.

Eu nem tive a chance de perguntar por que ela estava tão contente. Baixando a voz, MaRosie continuou: "*Eish*, minha filha, ainda bem que você escreveu a carta, porque aquelas duas teimosas não teriam tomado a iniciativa. Que bom que você foi a mais madura entre todas."

Ela me entregou um envelope. Antes mesmo de abri-lo, eu já sabia que eram boas notícias das minhas ex-amigas. E eu estava certa.

Lauren dizia sempre que cartas digitadas eram impessoais, então a carta dela, escrita em uma letra cursiva fluente, tinha um toque muito pessoal. Dizia assim:

Querida Thandi,

Obrigada por entrar em contato. Não sei se conseguiria continuar fingindo que te ignorava, quando tenho tanta coisa para te falar. Sinto falta de conversar com você por cima do muro e, apesar de eu ter a Siz para conversar — ao contrário de você — deixa eu ser honesta, a Siz não é a Thandi...

"Que querida", pensei, sentindo os olhos um pouco marejados.

Na sua carta, você me acusou de ser racista, ou pelo menos, classista, julgando pela maneira como trato a MaRosie. Para ser completamente honesta, nunca realmente pensei sobre meus atos ou como eles afetavam as pessoas ao meu redor. Eu achava que estava apenas dando ordens para minha empregada doméstica e acho que você me obrigou a encarar a realidade quando contratou uma empregada branca. Suponho que, como sul-africana, fui ensinada e cresci com a ideia de que os negros (por favor, não se ofenda, estou tentando ser tão sincera quanto você foi) fazem parte das classes serviçais. Talvez seja diferente para você e para a Siz, porque a experiência de vocês no exterior permitiu que vissem empregadas domésticas, babás e cuidadores de todas as raças. Não foi assim para mim, e me atrevo a dizer que, se vocês tivessem crescido na África do Sul e passado toda a vida aqui, fossem negras ou brancas, teriam dificuldades em aceitar uma pessoa branca como empregada doméstica.

Dei por mim balançando a cabeça, relutante.

Vamos agora à questão do "tratamento de silêncio" vindo de mim e da Siz. Sério, querida, não era para durar tanto quanto durou, mas você sabe como as coisas tendem a entrar numa espiral descontrolada. Depois de você nos expulsar da sua casa, a Siz e eu percebemos que a culpa era sua, e você tem que admitir que tínhamos razão. Você contratou a Marita para me provocar, e, dado que isso foi o que desencadeou a nossa briga, fazia todo sentido que a culpa fosse sua.

Tudo bem. Talvez ela tivesse razão, nesse aspecto. A culpa foi minha de elas terem acabado brigando. Eu contratei a Marita para ver a reação da Lauren, e eu a consegui. Um mês inteiro de reação.

Sei que no dia seguinte ambas recusamos falar com você, mas esperávamos que você insistisse até que nós concordássemos em te perdoar. Para ser sincera, se eu soubesse que você iria ficar emburrada, teria falado com você logo no dia seguinte. Tem sido uma tortura ouvir a Siz reclamando que a Lizwe se acha melhor do que ela, sem contar a falta de entusiasmo quando eu digo que a Elizabeth tirou nota 10 em sotho, uma coisa que só você, sendo mãe, poderia apreciar e admirar.

Nos vemos amanhã para o brunch, *e prometo levar algumas deliciosas oferendas de paz.*
Sinto muito a sua falta.

Sua grande amiga,
Lauren

Da Siz não houve carta, mas houve um telefonema quando eu estava para sair de casa com os meninos para nossa noitada. "Oi", disse ela, como se não tivéssemos ficado de mal por um mês. "Recebi sua carta, fico feliz por saber que você não está mais chateada." Típico! Na universidade, quando brigávamos, nunca pedíamos desculpas uma à outra. "Ainda está brava?" Era só o que dizíamos, e depois continuávamos de onde paramos, como se nada tivesse acontecido. Os velhos hábitos são difíceis de abandonar. A Siz era prova disso.

"Então, como têm sido os seus dias com a madame?" Ela estava realmente curiosa.

Ela riu. "Amiga, ainda bem que você escreveu aquela carta, porque se eu tivesse que fingir interesse por mais um minuto pela Família Real ou ouvir outra citação de algum branco morto, não ia demorar muito para eu me jogar da janela!" Depois, ficou séria: "Senti tanto a sua falta. Preciso falar com você."

Merda, pensei, será que ela sabe das escapadelas do marido? Tentei parecer despreocupada. "Tudo bem. Vejo você amanhã no *brunch*, certo? Os meninos estão me esperando."

Droga, por que sempre têm que me colocar no meio dos dramas?

Depois de algumas semanas, que me pareceram anos, atrás da Cortina de Ferro do afeto das minhas amigas, finalmente Lauren e Siz apareceram em minha casa na manhã de sábado, trazendo oferendas de paz — a Siz com as habituais boas surpresas de bebidas e a Lauren com uma pizza caseira. Quando chegaram, Mandla, educadamente, anunciou que ia a Gold Reef City com os amigos e os meninos. "Se derramarem algum sangue, não se esqueçam de limpar", foi a piada que ele fez na saída, provocando uma grande risada geral. Minhas amigas estavam de volta — e com o senso de humor intacto.

"Então", disse Lauren, com a voz arrastada, "sentiu nossa falta, né?"

"Não mais do que vocês sentiram a minha, suas piegas", respondi de um jeito despreocupado.

"Pra falar a verdade, eu senti mesmo sua falta e sei que a Lauren também", disse Siz, enquanto nos abraçávamos em um improvisado abraço de grupo.

Lauren foi a primeira a se solta do abraço. "Falando nisso, Thandi, a primeira vez que li sua carta achei ela muito irritante. Pensei seriamente em pular o muro para te dizer umas verdades."

Siz e eu nos olhamos, pensando: "A Lauren pulando o muro? Ah!" A Lauren deve ter lido nossos pensamentos, porque disse: "Eu sei o que vocês estão pensando. Mas acreditem, quando eu fico brava, consigo acessar meu lado atlético. Você sabe bem disso, Siz..."

Isso nos levou a uma conversa divertida sobre a briga e quem poderia ter vencido. Siz interveio: "O Vuyo não me deixou exagerar." Ouvir o nome do Vuyo deu um toque amargo ao alegre reencontro. “Mentiroso de merda, filho da puta”, murmurei baixinho.

“O que você disse?”, perguntou Lauren, com uma expressão preocupada no rosto. Eu não tinha percebido que falei aquilo em voz alta, então me apressei em disfarçar. “Meninas, essa garrafa está quase vazia e eu ainda não terminei de cozinhar, então vamos abrir outra garrafa e brindar às fabulosas Madames que somos.”

“Quem fala assim não é gago!” Concordaram as duas, engolindo o que restava nos seus copos e me passando para que eu os reabastecesse. Era maravilhoso tê-las de volta. Claro que tínhamos nossas diferenças, algumas das quais nunca resolveríamos, mas concordávamos em discordar. Afinal, o diretor da minha escola estava certo quando dizia que o número três tem poder — um triângulo tem três lados, uma estrutura muito sólida; Pai, Filho e Espírito Santo; e agora Tandi, Lauren e Nosizwe — só que nossa trindade estava longe de ser santíssima.

Comemos, bebemos e estávamos alegres, exceto pelos sentimentos perturbadores, quase à flor da pele, sobre a infidelidade do Vuyo. Fiz o que normalmente faço quando não quero pensar demais — me ocupei preparando uma refeição gourmet, para me concentrar nos ingredientes e não no Vuyo Ratazana.

Fiz uma breve pausa nos preparativos para mandar uma mensagem para o meu pai: “Meu velho, as garotas e eu estamos no brunch. Agora que Siz e eu estamos bem, devo contar para ela sobre o Vuyo? Me dê seu conselho, meu mestre. Sua menina.”

Ele respondeu rapidamente: “Não é uma boa ideia. Melhor só dar a entender, ela vai descobrir sozinha. Paizão.”

Meu pai, como Napoleão, quase sempre tinha razão. Por que eu não pensei nisso?

"Planeta Terra chamando Thandi... Alô?" Brincou Siz do seu lugar na cozinha.

"Oi, o que está pegando?" Respondi, ainda meio distraída. "Mana, você está tendo um caso com alguém? Pra quem está mandando tantas mensagens? Vamos ver o que está acontecendo aqui!"

A última coisa que eu queria era que Siz visse o que meu pai e eu estávamos conversando. Mostrei a ela o celular, "Mana, é só o meu pai. Ele disse que está feliz por estarmos bem de novo." Em seguida, apaguei a mensagem rapidamente, para garantir que Siz não a lesse.

Eu não ia deixar que Vuyo estragasse nossa diversão. Aquele dia, estávamos todas felizes, despreocupadas e, pelo menos por algumas horas, solteiras e prontas para curtir. Durante a segunda garrafa de vinho, relembramos o auge com músicos que haviam saído de cena por algum motivo: Hi-Five, Bon Jovi, Bobby Brown (antes de ser Bobby Houston) e, claro, nenhum encontro de sul-africanas seria completo sem Mango Groove (graças à Siz) e Brenda (graças à Lauren).

"Ei, Lo", chamei Lauren, que nos fazia morrer de rir enquanto dançava um mashup de "Running Man/Cabbage Patc"h na sala. "Lembra quando nos contou sobre seus pais?"

"Sim?" Lauren ficou séria de repente e, relutantemente, diminuiu a dança.

"Eu sei que você fala essas besteiras sobre ter sangue real britânico e blá, blá, blá, mas será que não tem sangue real mandinga? Porque você, minha amiga, dança como se tivesse alguma coisa de negra dentro!" Provoquei.

Lauren, anglófila, professora de inglês e agora rainha da zoação, respondeu num linguajar com sotaque de gueto: "Amiga, por acaso não tenho nada de negro dentro de mim, mas estou seriamente pensando em ter logo mais." Lauren brincando com questões de raça? Isso nos fez rir por uns bons quinze minutos.

"Ei, vamos sair juntas essa noite? Nada de maridos, nada de crianças. Só nós. Mulheres criando laços", exclamei de repente.

"Mana, essa foi a melhor ideia que você teve no último mês", entoou Siz, sugerindo que nos mimássemos antes: manicures, pedicures e compras (havia um vestido Versace que ela tinha que usar de qualquer jeito). "Vou só ligar para o meu homem e dizer para ele buscar a Pertunia na escola."

Eish, minha amiga! Se Siz soubesse o que eu sei, não estaria juntando a fome com a vontade de comer. Nesse momento, Lauren veio ao resgate. "Eu realmente acho que não é uma boa ideia." Nossa noitada não iria acontecer. "Deixa eu adivinhar..." comentou Siz, "primeiro tem que pedir permissão ao Mike?"

"Não tem nada a ver com o Mike, nem com pedir permissão", cortou Lauren. "Minha médica disse que estou com pressão alta e que preciso perder peso. Tandi, você vive reclamando do seu peso. Tudo bem, Siz, você é perfeita, mas está em minoria... Eu estava pensando que um fim de semana em um spa, com alimentação saudável e tudo mais, talvez fizesse bem para nós três."

Nossa. O que aconteceu com essas mulheres enquanto eu estive longe para aparecerem com ideias tão boas? "Estou dentro completamente. E você, Siz?"

"Claro! Na verdade, tenho andado meio preocupada..." confidenciou-nos, "Acho que engordei um pouco, porque o Vuyo não parece ter o mesmo va-va-vum que tinha antes, e ele vive arrumando desculpas para não me comer."

Então era isso. A coisa entre Vuyo e Pertúnia estava quente mesmo. Eu precisava falar alguma coisa. "Amiga, você está linda como sempre. Seu homem não tem quase trinta anos? Dizem que os homens atingem o auge aos vinte, então talvez ele já esteja simplesmente acabado."

Ia ser complicado. Eu não podia preparar refeições gourmet sempre que estivesse com Siz, e não conseguiria continuar fingindo que estava tudo bem com a consciência pesada. Talvez eu pudesse esperar até nossa ida ao spa e, então, fazer ela entender. Mas eu não ia deixar o Vuyo adúltero estragar o encontro com as minhas amigas. Me senti como a filha única e egoísta que sempre fui.

Tive uma forte sensação de que algo não estava certo quando ouvi MaRosie conversando com Marita por cima do muro. "A mãe do Júnior vai a outra conferência neste fim de semana, então eu vou voltar com você... E vão me pagar extra por trabalhar no fim de semana. É bom, né?"

"É, claro. A MaHintsa também não vai estar aqui, mas o pai do Hintsa vai levá-lo para Soweto, então, se quiser, amanhã posso te ajudar com a limpeza. E a Pertunia vai encontrar a gente no Chicken Licken?"

MaRosie respondeu: "*Eish*, não. Essa Pertunia tá toda se achando agora. Disse que vai estar com o..." E depois MaRosie piscou o olho.

Droga, quem me dera não ter ouvido isso. Então, Vuyo e Pertunia provavelmente iam passar o fim de semana enroscados um no outro na cama da Siz. Como eu poderia me divertir? (Eu não estava muito preocupada com Lauren ter dito ao marido que iria a uma conferência da Universidade. De vez em quando, eu também minto para o meu marido, então quem sou eu para julgar?)

Às nove em ponto, elas estavam na minha casa — até Siz, que geralmente se atrasa. Ela devia realmente estar preocupada com o estado da sua vida sexual. Estávamos todas de roupa de ginástica. Siz, claro, com roupas de marca, e Lauren e eu com nossos melhores da Mr Price.

"Ei, meninas, em vez de irmos em caravana, por que a gente não vai só com um carro? Que tal o seu, Siz?" Sugeri.

"Por mim, tudo bem, mas vocês vão ter que brigar pelo lugar no banco da frente", respondeu Siz.

"Eu sugiro que a Lauren vá na frente pra não parecermos motoristas da madame!" Acrescentei. Lauren, sempre de bom humor, estava mais do que disposta a colaborar.

Entramos no spa como mulheres em uma missão séria de ficarmos em forma — o que de fato éramos. "Reserva no nome de Lauren, três pessoas", disse Lauren, com aquele ar de professora dando ordens, quando chegamos à recepção, já que foi ela quem fez a reserva.

"Bem-vindas, venham por aqui", disse a recepcionista, que provavelmente ganhava bem demais para falar com aquela voz doce — sem dúvida, vendo "dinheiro" estampado na testa daquelas duas mulheres com peso a mais e na testa da outra, com roupas de marca, que estava em forma, mas podia ser convencida de que precisava estar ainda mais em forma. Ela nos levou até um indiano musculoso que deixaria Bollywood orgulhoso. "Deixem-me apresentar seu anfitrião, Zunaid Patel."

"Minhas senhoras", disse ele, soando exatamente como o guru que tentava aparentar. "Aqui no spa, acreditamos que pessoas que não estão em forma não são saudáveis e não gostam de si mesmas. Nossa missão é oferecer um caminho holístico para perder peso e se manter saudáveis. Vamos começar com uma rotina de yoga. É uma atividade que vocês podem fazer em casa e, se fizerem com seus parceiros, vai melhorar sua vida sexual."

Nós trocamos cotoveladas como adolescentes, enquanto ele sorria para nós.

Zunaid continuou: "Depois, vocês vão desfrutar de alguns mimos faciais e massagens, e depois serviremos a primeira refeição..." Ele seguiu explicando o plano de exercícios e os outros mimos a que teríamos direito pelo resto do fim de semana.

Pareceu-nos uma boa. Não tivemos problemas com o yoga. Aquele Zunaid conseguia dobrar partes do corpo que eu nem sabia que podiam ser dobradas. Ele estava sempre se encostando na Lauren para ajudá-la, mesmo quando ela não parecia precisar de ajuda nenhuma. Ela, por sua vez, flertava descaradamente com ele. Não parecia nada o estilo dela. E era bem chato ele só prestar atenção na Lauren, quando estávamos todas pagando. Dei um toque na Siz e sussurrei que devíamos ir embora ou sugerir para Lauren e Zunaid arranjarem um quarto. Em resposta, ela sussurrou que eu estava obcecada por atenção masculina.

Quando passamos para os tratamentos faciais, perguntei para a Lauren: "Ei, dona bem-casada, o que foi aquilo entre você e o deus do sexo? A Siz também reparou, ou foi só eu?"

"Claro que vi", respondeu Siz, tirando a rodela de pepino do olho, "Lauren, o que o Mike diria?"

"Sou casada, não sou cega", respondeu Lauren, despreocupada. "E, de qualquer forma, que se dane o Mike. Este é meu fim de semana e eu tenho o direito de apreciar as criações da natureza."

Siz e eu nos olhamos e murmuramos "Eita!", tentando não rachar nossas máscaras faciais de tanto rir.

Foi o almoço que nos fez decidir que essa história de spa holístico para manter a forma não era pra gente.

"Minhas senhoras, permitam-me levá-las a uma mesa cheia de alimentos que, com certeza, vão livrá-las dessas alças do amor", disse um garçom bajulador, sugerindo que estávamos com pneuzinhos. Fomos pegas de surpresa. Eu, particularmente, dei uma olhada no meu reflexo na porta espelhada, só pra ver a real dimensão das tais alças. Então, ele colocou na nossa frente três pratos cheios de folhas — sem nem um pouco de tempero. Nós nos olhamos e, em uníssono, dissemos: "Só faltava essa!" Pelo preço de mil e quinhentos por noite, a gente esperava, no mínimo, uma refeição decente. Só ficamos esperando Lauren pedir o número do Zunaid (porque "gostaria que ele me ensinasse yoga" — é claro) pra desaparecer daquele lugar, com medo de que algum nazista do spa nos obrigasse a voltar.

Assim que pegamos a estrada, começamos a rir sem parar.

"Lauren, onde você achou esse lugar?" Perguntei.

"Uma das minhas colegas de trabalho recomendou", respondeu Lauren, rindo e enxugando os olhos. "Eu devia ter sabido que não prestava, porque ela é uma magricela que não bebe, não fuma e é vegetariana."

Siz se juntou à conversa: "Thandi, você devia ter visto sua cara quando o garçom trouxe aqueles pratos. Ficou com uma expressão de 'só pode ser sacanagem'."

"Amiga, eu estava pensando exatamente nisso. Não se metem entre mim e minha carninha, você sabe muito bem. E agora, o que vamos fazer? Vamos simplesmente voltar para casa?"

Lauren logo interveio: "Nem pensar! Minha sugestão é arranjarmos quartos no Sun International e depois sairmos pra festejar. Podemos voltar pra casa amanhã."

Eu estava mais do que um pouco surpresa com a Lauren caseira. "Tô dentro", disse. "Siz, curte a ideia?"

A Siz respondeu afirmativamente, mas sugeriu que fôssemos primeiro à casa dela para buscar alguma coisa para vestir. Secretamente, desejei que pegássemos a Pertunia e o Vuyo no flagra, fornicando na casa da Siz, para eu não ter que carregar o fardo de dar essa má notícia. Infelizmente, para mim, eles mantiveram os seus horários normais de sábado.

Enquanto esperávamos, na casa da Siz, que ela ficasse pronta, a Lauren ligou para o Sun International e reservou duas suítes adjacentes perto da Praça Mandela, para ficarmos mais perto das lojas.

"Ei, Lauren, por que Mandela é o único negro cujo nome vocês, brancos, não se importam de colocar em alguma coisa?" Brinquei.

"Essa é fácil. Mandela não criou o EEN, nunca falou de Black Power e não veio com aquela conversa do Biko: 'Por que usamos garfos e facas quando temos brancos à nossa mesa?'" Retrucou a Lauren.

Do quarto, a Siz gritou: "Não se preocupe, Thandi. A Lauren e os seus admiradores de Mandela vão ganhar juízo quando meu afilhado for presidente. Quando ele for, vai dar nome a tudo com o meu e o da Thandi, então, Lauren, aproveite enquanto ainda dá tempo, amiga."

A Lauren achou aquilo tão hilário que começou a rir e as lágrimas escorreram pelo rosto pela segunda vez naquele dia. Quando saímos, nos sentindo dez anos mais novas e sem preocupações, cantamos todas em coro "My Girl" dos Temptations. Não há nada mais divertido do que fazer compras com as amigas, especialmente quando se tem dinheiro.

Em determinado momento, a Lauren saiu do provador com um vestido brilhante e cintilante, do pescoço aos pés. O vestido só acentuava sua palidez e realçava ainda mais a silhueta arredondada, mostrando os tais pneuzinhos. "E este aqui?" Perguntou ela, buscando aprovação.

A Siz e eu nos entreolhamos, horrorizadas. "Amiga, me diz que você não está pensando em usar isso!" Comentei.

"Hum, querida... Essa roupa é extremamente cafona! A tia Siz não aprova. Você precisa deixar de usar tanto esses seus shorts de caqui e jeans — viu como a moda pode te desafiar?"

"Oh, parem com isso", disse a Lauren. "Eu acho que é um vestido lindo. Olha como ele fica bonito na vitrine."

"Querida, o vestido é bonito na vitrine porque é usado por um manequim que é um palito, não por uma dama cheia de curvas, com peitos como os seus", respondeu a Siz, diplomaticamente.

"E por falar em dama cheia de curvas, Lauren, sabia que meu filho comparou você e seu marido ao Jack Sprat e à esposa dele?" Não ia deixar passar essa oportunidade.

"Tá vendo, Thandi, é por isso que nunca vou votar no seu filho para presidente, por mais que você me encha de bebidas alcoólicas antes de eu entrar na cabine de votação", replicou a Lauren.

"Mas, querida Lauren, com certeza você quer um governante honesto, né?", perguntei, e nesse ponto a Siz já ria tanto que se segurava a barriga.

Encontrei um lindo vestido Sun Goddess sem mangas para a Lauren experimentar em vez daquele horroroso, mas ela recusou. "Mas por quê, amiga?" Perguntei.

"Meus braços estão meio flácidos demais", respondeu ela. Parecia desconfortável com isso. Acho que todas nós temos nossas inseguranças.

No hotel, todas nós tiramos um cochilo de uma hora para nos prepararmos para a farra que seria a nossa noite. Ao acordarmos, depois das seis, nos presenteamos com um jantar no hotel antes de irmos ao Spiro's para beber alguns drinks e depois seguir para a boate.

Estávamos impecáveis. Como a mais escura de nós três, a Siz sabia que sempre ficava bem de branco, então escolheu um vestido Chanel branco, muito justo e decotado na frente e nas costas. Eu optei por um vestido vermelho-tomate, feito para parar o trânsito, com corte à J-Lo, revelando ao mundo meus atributos. A Lauren finalmente decidiu vestir um pretinho básico, com mangas bufantes que escondiam os tais braços flácidos e diminuíam o seu volume, mas exibiam de maneira vantajosa o busto.

Entramos no Spiro's como as deusas que éramos e, por um instante, juro que as conversas silenciaram enquanto os clientes faziam uma pausa para contemplar as musas africanas que haviam dado graça ao vulgar restaurante grego em Melville. Pouco depois de nos sentarmos, um rapaz com cara de uns vinte e cinco anos se aproximou discretamente da mesa.

"Boa noite, senhoritas. Vocês estão muito lindas", disse em tom de apresentação.

"Nós sabemos", respondeu a Siz, que tinha tolerância zero para cantadas de rapazinhos. "Oi, eu sou a Nosizwe. O que podemos fazer por você?" Perguntei delicadamente, usando, de propósito, o nome da Siz como fazíamos muitas vezes, enquanto o encarava fixamente para ver a reação dela. O rapaz podia ser jovem demais, mas era bem bonito, ao estilo John Legend.

"E eu sou a Thandi", disse a Siz fingindo arrependimento. "Como vai?" O que obrigou a Lauren a dizer seu verdadeiro nome, porque não podia pegar nenhum dos nossos.

O jovem se apresentou como Sipho e depois se sentou no braço da cadeira, que era evidentemente a melhor posição para dar uma olhada nos nossos decotes. "Sipho? E não é que você é mesmo um presente? Mas ainda não disse o que podemos fazer por você — ou será que há algo que você pode fazer por nós?" Perguntou a Siz, entrando no jogo e fazendo o pobre rapaz corar.

"Não sei", gaguejou ele, envergonhado, mas completamente hipnotizado pelo decote dela. "Só queria dizer que vocês estão muito bonitas e convidar todas para uma festa."

Entrei na conversa: "Então, você quer levar uma de nós para a festa ou as três?" O rapaz abriu a boca, como um peixe fisgado no anzol. "Como?"

"Ela quer saber se você quer levar um dos seios da Thandi ou os dois", explicou a Lauren.

Pobre rapaz. Não iria conseguir vencer três mulheres ousadas e experientes no seu melhor nessa noite. "Aqui está o convite, senhoritas", gaguejou ele. "Espero ver todas vocês por lá..." E depois saiu rapidamente.

Eu tinha certeza de que era uma daquelas raves de Joanesburgo onde a maioria das garotas tem menos de vinte e um anos, mas foi um elogio ao nosso charme e, é claro, à Clinique e à Mac, que nos davam uma aparência tão impecável que aquele jovem nos achou jovens o suficiente para ir a uma festa com ele e os amigos.

Concordamos em aparecer mais tarde na festa deles, mas, enquanto isso, estávamos pensando em algo mais exótico, e o lugar ideal para seguir era o Kilimanjaro, onde seria muito improvável encontrarmos alguém que nos conhecesse. (Embora muitos nigerianos frequentassem o Kilimanjaro, eu sabia que nunca encontraria o Chukwu por lá — ele era incrivelmente avarento para um igbo e jamais gastaria mais de vinte randes de consumo mínimo. Talvez isso explicasse por que ele saía com moças de bairros pobres que se contentavam com meia dúzia de Smirnoff Spin e um passeio no banco da frente do seu BMW.)

"Acho que vou ligar para o Zunaid e convidá-lo", anunciou a Lauren, para nossa grande surpresa.

Tendo obviamente perdoado nossa fuga do spa, o Zunaid apareceu pouco depois, e não demorou para que ele e a Lauren estivessem dançando tão colados que não cabia entre eles nem uma folha de papel. Durante as danças, nossa querida amiga também foi bebendo mais álcool do que conseguia suportar.

"O que está acontecendo com ela? Nunca a vi assim", perguntei para a Siz.

"Não faço ideia. Talvez ela esteja com problemas em casa, como todas nós. Talvez a cama esfriou um pouco e ela esteja explorando a sexualidade. Não posso dizer que a condeno", respondeu a Siz.

"Ei, sem conversas sérias. Que tal pegarmos um drink e deixarmos os problemas para outro dia?", sugeri, tentando animá-la.

"Boa ideia", respondeu a Siz, já meio para baixo.

"Siz, você acha que seríamos como a Lauren se tivéssemos casado com o primeiro cara que conhecemos?" Falei em voz alta, observando o Zunaid apalpando a Lauren.

"Provavelmente, mas felizmente fizemos nossa farra na faculdade, longe dos pais... Lembra como os garotos africanos não gostavam de você porque andava sempre com negros americanos, na época da faculdade?", perguntou a Siz.

"Acha que não lembro!? Mas lembra do meu princípio? Nunca vá ao exterior para comer pirão com peixe frito!" Respondemos em uníssono, gargalhando.

"Mas, amiga, se bucetas falassem, a sua teria muito a contar", disse a Siz.

"Oh, por favor! E você e todos aqueles rapazes quenianos e ganenses? Se o Vuyo soubesse por onde você andou, ainda estaria solteira", respondi-lhe. A recordação do Vuyo Ratazana levou-me a perguntar ao barman: "Tem Blue Curaçao?"

"Tenho... Porquê?"

"E tem suco de abacaxi?"

"Tenho sim, minha senhora, mas o que deseja que eu faça com isso?" E não é que era um barman bem atrevido? Sorri provocantemente e dei-lhe a seguinte receita: "Junte num mixer dois shots de Curacao, dois shots de Smirnof, limão com xarope e um pouco de suco de abacaxi. Agite bem e dê-nos de beber, à minha amiga e a mim."

O barman ficou impressionado. Fez conforme lhe pedi e colocou as bebidas à nossa frente. "Isto é delicioso, minha senhora, como é que se chama?" A Siz respondeu por mim, "Caro senhor, barman, isto é um Blue Hawaii". Deu um golinho. "Alô, Thandi, ele fez isto quase tão bem como você faz." "É claro, ele teve uma boa professora", respondi, arranjando uma maneira de me valorizar, como sempre.

Foi difícil conseguir arrancar do Zunaid a bêbada da Lauren, mas acabámos por conseguir arrastar o seu peso morto para o carro. Depois de estacionarmos e antes de subirmos, decidimos usar os cartões e acrescentar uma noite extra à nossa estadia nas suítes. Não por pensarmos em lá ficar mais vinte e quatro horas, mas porque não queríamos que nos mandassem embora ao meio-dia. Estávamos pensando em sair ao fim da tarde, depois de dormirmos o dia todo com o aviso "não incomodar" nas portas, e comermos uma boa refeição trazida pelo serviço de quartos. E assim o fizemos.

A segunda e a terça-feira que seguiram foram dias de muito trabalho no escritório — ou fora do escritório, se preferir, porque passei esses dias visitando velhinhas que precisavam de dicas para instalarem uma aldeia cultural sotho na região de Tshwane. Na quarta-feira, estava de volta ao escritório e, não querendo carregar mais a culpa do Vuyo, esperei que fosse aquele o dia em que tudo desabaria para o marido adúltero da Siz e para a malvada Pertunia dos-peitos-perfeitos. Liguei para a Siz com o falso pretexto de me fazer de doutora do amor para o coração partido. Só esperava que ela mordesse a isca.

Fui direto ao ponto, perguntando se ela estava ocupada.

"O que foi? Temos um almoço de meninas?", perguntou ela, que nunca dispensava uma oportunidade de sair do escritório.

"Na verdade, não..." Disse eu com hesitação, sabendo que era uma maneira segura de deixá-la curiosa.

"Então o que é?"

"Bem, tenho pensado naquilo que você disse durante o fim de semana." Em seguida, tratei de perguntar se o Vuyo ia almoçar em casa nesse dia.

"Amiga, você sabe que ultimamente ele tem ido almoçar em casa todos os dias..." Respondeu, já com alguma desconfiança. "Por quê?"

Conhecendo a Siz, eu não ia dizer o motivo. Não queria correr o risco de estar enganada e destruir a nossa recém-

-reconstruída amizade. Por isso, como quem não quer nada, disse que achava que ela deveria surpreender o Vuyo com uma rapidinha em casa, na hora do almoço, tentando reacender o fogo na relação.

"Sua tarada!" Respondeu surpresa e, depois, começou a rir. "Como eu não pensei nisso? Te amo. Você é um gênio. Vou dar um pulo no shopping e comprar uma lingerie sexy e, então, posso realmente fazer uma surpresa para ele."

"Não tenha pressa", aconselhei. Queria ter certeza de que, se ele estivesse pulando a cerca hoje, seria pego em flagrante. "Você sabe que não se deve interferir na relação de um homem com a comida, então, é melhor chegar quando ele tiver terminado de comer, mas antes que saia para o trabalho." Só esperava que ela não me odiasse ao descobrir o que a esperava em casa.

"E, Siz", acrescentei antes de desligar.

"Sim?"

"Me liga para dizer se deu certo." Era simplesmente uma forma de dizer que estaria sempre ali para apoiá-la.

Foi um alívio ela ter aderido ao meu plano. Facilitava tudo. Deve estar se perguntando por que eu não contei logo sobre o seu Snoop Vuyo-Dog, mas já estive numa situação semelhante com ela. Quando a Siz ama, está sempre em negação quanto às falhas do companheiro. Se eu tivesse contado as minhas suspeitas, a Siz, como é típico de muitas mulheres em negação, ficaria nervosa e ligaria logo para o marido, que negaria tudo e viria com a conversa de "sua amiga é que me quer e tem inveja do que nós temos, tenho notado como ela olha para mim". Isso resultaria em situações constrangedoras sempre que estivéssemos juntas. E o Vuyo iria me odiar por saber do seu segredo e por eu detestar a forma como ele tratava a minha amiga. A Siz também me odiaria, pensando que eu estava tentando me meter entre ela e o seu maravilhoso homem, instigada por sua mãe. Por isso, era melhor que ela descobrisse por conta própria.

Liguei para a Marita e perguntei se o quarto de hóspedes estava arrumado. Ela respondeu que sim. Então, para garantir que, se a situação saísse do controle, eu não precisaria lidar com ela e com meu filho, sugeri: "Que tal você levar o Hintsa ao cinema depois da escola?"

A Marita, que nunca recusava uma oportunidade dessas, aceitou uma tarde no cinema sem questionar. Em seguida, liguei para o Mandla para falar sobre nossa provável hóspede. Sei o que ele tinha na ponta da língua, mas ele se limitou a dizer: "Espero que saiba o que está fazendo." Fiquei chateada. Será que os homens não entendiam nada sobre lealdade em uma amizade? O Mandla teria ficado calado se a Siz fizesse o mesmo com o Vuyo?

Soube da história completa mais tarde, contada pela própria Siz, depois que o sangue já tinha sido derramado. O Vuyo estava em plena ação com a Pertunia no quarto deles, quando a Siz entrou e os pegou em uma posição comprometedora. Estavam nus como vieram ao mundo, então o Vuyo nem tentou fingir que a Pertunia tinha desmaiado e ele estava fazendo respiração boca-a-boca. A Pertunia se encolheu, cobrindo os seios com as mãos. O Vuyo, atônito no começo, começou a gaguejar: "Não é o que parece", enquanto a Siz só olhava para eles. Devem ter achado que ela simplesmente sairia do quarto e eles poderiam continuar o que estavam fazendo, porque os dois ficaram sentados na cama, sem nem tentar se vestir.

Tinham subestimado nossa Nosizwe. Enquanto os dois pareciam congelados no tempo, a Siz foi até o closet, abriu o cofre e sacou sua Magnum 44. (Ela havia feito um curso de tiro depois que a mãe insistiu que ela e a Lizwe precisavam aprender a se proteger dos sequestradores em Joanesburgo.) "Nessa hora", ela nos contou, "o Vuyo deve ter começado a entender o que eu estava prestes a fazer, porque não parava de murmurar 'não, querida, por favor', como se ainda tivesse algo a dizer que valesse alguma coisa."

"Você", disse ela, apontando a arma para a Pertunia, "se vista imediatamente!" A Pertunia se apressou em colocar a roupa. O Vuyo tentou fazer o mesmo, mas a Siz apontou a arma para ele e disse: "NÃO! Você fica do jeito que está."

Nesse momento, o Vuyo alternava entre medo e arrogância. "Vai lá, querida, desculpa. Por favor, abaixa isso, você não vai fazer uma coisa dessas, por favor, amor, não faz isso." Ao que a Siz respondeu friamente: "Mas eu vou fazer, querido", e, colocando o dedo no gatilho, disparou uma bala que se cravou na cabeceira da cama, perto da cabeça do Vuyo. Nesse instante, a Pertunia se jogou no chão, com todos os instintos da era do apartheid à flor da pele. "Querida, você vai perder o emprego... Vai ser presa... Pensa, querida, pensa", gaguejava o Vuyo, agora menos confiante de que a esposa não fosse atirar de novo. A Siz estava além de qualquer pensamento racional, mas as palavras dele de alguma forma penetraram em sua mente tomada pela fúria. Ela apontou a arma e mandou que ele saísse. Obviamente, ele não acreditava que ela realmente faria alguma coisa, porque ficou lá, nu, sentado na cama, provavelmente pensando que ela superaria a loucura — mas o Vuyo nunca havia experimentado a fúria de uma mulher traída. Nosizwe mirou com cuidado e disparou, acertando-lhe na coxa, não muito longe da virilha. "O tiro de aviso", como ela agora chama.

Foi nesse momento que o Vuyo percebeu que estava lidando com uma mulher de outro planeta, e que esse planeta não era Vênus, mas sim Marte, lar das divindades guerreiras. Como ela mais tarde nos contou a história (com um certo deleite), a Siz disse que viu um verdadeiro terror nos olhos do ex-detento de Sun City quando ele correu para o carro e saiu em disparada, completamente nu — provavelmente indo direto para o Hospital de Edenvale, onde contaria alguma mentira sobre alguém ter roubado suas roupas.

Depois disso, a Siz mandou que a Pertunia fizesse as malas, chamou um serralheiro para trocar as fechaduras imediatamente, ligou para as ex-mães-fabulosas-de-*loxion* para avisar que, se não fossem buscar seus filhos na escola, as crianças dormiriam ao relento, ativou o alarme e trancou a porta antes de vir para a minha casa, via Park Station.

A Siz esperou que a empregada-que-se-tornou-amante pegasse o ônibus interurbano das dezoito horas para East London. Conclui-se que, no caso daquela empregada, a mãe da Siz tinha razão sobre as pessoas que mordem a mão que as alimenta. E isso não se limitava à Pertunia, mas também ao Vuyo, que falhou completamente em tratar bem a Siz, apesar de toda a generosidade quase santa dela.

Eu já estava em casa quando a Siz chegou. Dava para ver que estava exausta, com o rosto pálido e tenso, e que a vitalidade do fim de semana anterior tinha sumido. Achei que ela só quisesse descansar, então fiz duas xícaras de chá *rooibos*, certificando-me, pela primeira vez, de colocar açúcar na xícara dela por causa do choque, e sentei-me ao seu lado. Abracei-a enquanto ela chorava, mostrando que eu estava ali para apoiá-la.

Ela jurou que não queria mais nada com os homens — uma afirmação que já foi feita mais de uma vez por todas as mulheres de coração partido — e pediu para eu ir chamar a Lauren.

Chamei a Lauren por cima do muro e, cinco minutos depois, ela chegou. Como era uma crise, também liguei para o Mandla e pedi que buscasse comida chinesa o suficiente para dez pessoas, incluindo os meninos, mas a Lauren me corrigiu gritando "onze". A Siz olhou para mim, intrigada.

"Quem é a décima primeira pessoa?" Perguntei à Lauren.

"Como assim? A MaRosie, é claro. Ela também tem que comer. A menos que não queira comida chinesa, e então ela pode fazer pirão, mas isso é escolha dela", disse a Lauren como quem não quer nada. Minha querida e doce irmã branca realmente tinha sido afetada pela minha carta. Em um momento tão trágico, não pude deixar de dizer a ela como era fofa: "Você é um amor. Te amo!"

"Oh, deixa de ser tão sentimental", reagiu a Lauren, mais contente do que envergonhada.

Hintsa tinha ido para o quarto da Marita, onde estava entretido com seu Playstation. Tudo bem, já que a Marita recebia um bom salário e bem que podia fazer algumas horas extras como babá. A Siz perguntou diretamente, a mim e à Lauren, se já sabíamos do Vuyo e da Pertunia.

Admiti tudo. "Eu soube durante a nossa 'briguinha', e além da saudade que sentia de você, foi isso que me motivou a tentar fazer as pazes, para poder te contar tudo."

Lauren estava arrependida. Mike também havia contado a ela. "O Mike sempre dizia que não era da minha conta e que eu não devia me meter. Eu quis te contar tantas vezes!" soluçou Lauren, procurando um lenço de papel na caixa quase vazia ao lado da Siz.

"Desculpa também", acrescentei. "Me sentia horrível por não te contar. Deveria ter dito assim que fizemos as pazes, mas, egoísta, quis que você aproveitasse um pouco o tempo conosco e soubesse que eu e a Lauren estamos sempre aqui para te apoiar."

A consolada passou a consolar quando a Siz abraçou a Lauren e a mim. "Por favor, Lo, não chore. Não foi culpa sua. A culpa é desse homem com quem me casei..." A Siz cuspiu com tanto veneno que, se o Vuyo estivesse lá, teria morrido de vergonha.

"Era de se esperar que ele fosse meu marido e meu melhor amigo, mas ele vai lá e faz uma coisa dessas... E com a minha empregada, e na minha cama!" disse a Siz, em lágrimas. "Precisava descer tão baixo?", repetia a Siz, uma e outra vez, enquanto a Lauren e eu a abraçávamos. Nos olhamos por cima da cabeça dela e acenamos, mostrando que compreendíamos.

Para falar a verdade, a Nosizwe parecia mais chateada por o marido tê-la traído com uma empregada do que pelo fato de ele simplesmente tê-la traído. Aquilo trazia à tona os preconceitos de classe da minha amiga, apesar de todas as tentativas dela de tratar a Pertunia como uma pessoa qualquer. E eu acho que somos todas assim. Eu também não ficaria mais ofendida se o meu marido me traísse com alguém que eu considerasse abaixo do meu nível do que se fosse com alguém do mesmo nível social? Claro que ser traída dói, mas doeria ainda mais se eu soubesse que era com uma dessas mulheres de Joanesburgo, que vivem bêbadas, sem diploma universitário e com três filhos de três pais diferentes. Haja vergonha!

"Estou feliz por vocês estarem aqui comigo", disse a Siz baixinho, quando o choque e a fúria deram lugar à exaustão. "Querida, enquanto você tiver a Magnum, com certeza estaremos sempre ao seu lado", disse a Lauren. Nem a Siz conseguiu segurar um sorriso.

A coitadinha estava tão esgotada emocionalmente que adormeceu antes de meu marido chegar com a comida. Eu sabia o quanto a Siz havia se dedicado ao Vuyo e quanto tinha se sacrificado para ficar com ele. Pela primeira vez, desejei algo mais do que simplesmente perder uns quilos sem passar fome ou me submeter à disciplina de uma academia. Pela primeira vez, desejei, mais do que tudo, que a Siz ficasse bem.

Na manhã seguinte, a Siz acordou determinada e foi direto para a casa dela, recusando meus pedidos para ficar mais um pouco na minha. "Eu não vou deixar que a infidelidade do Vuyo e a decepção com a minha empregada me expulsem da minha casa. Vou queimar a cama e os lençóis, mas, fora isso, fico na minha casa e ponto final!" Sempre profissional, acrescentou: "Além disso, preciso trocar de roupa para ir ao trabalho. Não vou deixar que esses dois idiotas destruam também a minha carreira." Nenhum argumento a faria mudar de ideia, então, assim que ela saiu, liguei imediatamente para a irmã dela, Lizwe, em Mdantsane. Às vezes, a Siz podia ser muito emocional, e eu não queria correr o risco de ela fazer algo de que se arrependesse mais tarde, quando estivesse sozinha.

"Oi, mana, como você está?", perguntei.

"Amiga, poderia estar melhor, mas tenho certeza de que vocês aí em Joanesburgo estão piores, já que as suas 'regras de etiqueta' permitem ligar antes das seis da manhã. O que está acontecendo?"

Olhei para o relógio. Droga, era muito cedo! "Poxa, não reparei. É que a Siz..."

"Por favor, não venha com mais dramas familiares..."

Ela parecia preocupada. "O que aconteceu?" Percebendo a tensão na voz dela, disse que não era nada que eu e a Lauren não conseguíssemos resolver, mas a Lizwe, sempre altruísta, insistiu em saber o motivo da minha ligação. "O que está acontecendo com a minha irmã ocasional?"

"*Eish*, é uma situação muito complicada", respondi. Então contei tudo, e entre os comentários dela ouvi um "Meu Deus!" e, sempre que eu mencionava o nome do Vuyo, um "Puta merda, que filho da puta! Mamãe tinha razão sobre ele."

A Lizwe ainda tinha algumas pendências para resolver por lá, mas disse que viria passar o fim de semana e perguntou se poderíamos manter a Siz distraída nas noites restantes. (Presumimos que aos fins de semana a Siz sentiria mais a ausência do Vuyo e se sentiria mais sozinha.) Disse que no sábado teríamos o jantar pronto esperando por ela.

O sábado demorou a chegar, e quando finalmente chegou, a Lauren e eu estávamos na casa da Siz muito antes da hora do *brunch* de costume. Queríamos garantir que ela estivesse bem. Ficamos bastante surpresas por encontrá-la já acordada e ocupada enchendo caixas com as coisas do Vuyo.

"O que você vai fazer com isso tudo?" Perguntei.

Com uma expressão tão venenosa quanto uma cascavel prestes a atacar, ela respondeu: "Vem comigo no carro. Vamos dar uma volta e você vai ver."

Partimos para o Soweto, mas no meio do caminho tivemos que trocar de lugar porque ela chorava descontroladamente e dirigia de forma tão perigosa que tanto a Lauren quanto eu tememos que nossos filhos acabassem órfãos.

Chegamos a Zola, estacionamos em frente à casa da mãe do Vuyo, e a Siz despejou na rua todas as coisas dele, sem dizer uma palavra para ninguém. Ouvindo o som do carro, a mãe do Vuyo saiu de casa e tentou falar com ela.

"O que é isso agora, *squeeza*? Entra, vamos conversar."

"*Hayi*, eu não tenho nada para falar com você. Sei que você nunca quis que o seu filho e eu ficássemos juntos. Sabe de uma coisa? Você e suas filhas podem ficar com esse seu filho mimado, sem diploma, comedor de empregadas e canalha presidiário", a voz da Siz aumentava um decibel a cada palavra que dizia. "Ah, e os seus netos a quem eu paguei as mensalidades, os filhos do seu filho que alimentei, vesti e eduquei... Pois bem, isso acabou. Agora as suas filhas vão ter que aprender a trabalhar para se sustentarem, porque eu não quero mais nada a ver com essa laia."

Notando que a situação estava saindo do controle, a Lauren e eu saímos do carro e arrastamos nossa amiga dali. "*Hayi nix*, Siz, deixa isso pra lá. A mãe dele não teve nada a ver com isso", eu disse, empurrando-a de volta para o carro.

"Teve sim! Se ela tivesse ensinado aquele desgraçado a respeitar a esposa e o casamento, eu não teria encontrado ele fodendo a puta da empregada na minha cama."

Multidões nos *loxion* adoram dramas, e, naquele momento, um grupo começou a se formar na frente da casa da mãe do Vuyo. A Lauren e eu estávamos prontas para enfrentar um tigre, mas acabamos conseguindo arrastar a Siz de volta para o carro e jogá-la no banco do passageiro. A Lauren a segurou enquanto eu corri para o banco do motorista. Depois, enquanto a Lauren entrava para o banco de trás, eu a segurei para evitar que ela saísse de novo e causasse mais confusão. Tranquei as portas e saí dirigindo dali como se estivesse em transe. Enquanto isso, a Siz havia parado de lutar contra a gente e chorava descontroladamente. A uma distância segura da casa da mãe do Vuyo, parei o carro para tentarmos acalmá-la.

Pouco falamos enquanto voltávamos para Lombardy East. A Siz recusou o convite para ficar na minha casa pelo tempo que precisasse.

"Não, amiga, mas obrigada mesmo assim. Eu preciso do meu espaço e preciso aprender a ficar sozinha."

Mas ela tinha outros assuntos para resolver antes disso. Quando chegamos na casa dela, nos esperava mais drama. Ela foi até o quarto e voltou de lá arrastando o colchão e a roupa de cama. Nós observamos em silêncio — sem saber direito se devíamos ajudá-la ou não — enquanto ela buscava tudo que a lembrasse do Vuyo: a *lingerie* que ele havia comprado para ela, os cartões que ele havia dado em aniversários de casamento. Então, em um momento ao estilo *Quatro Mulheres e um Destino*, ela decidiu colocar fogo em tudo.

"Além do mais, tenho o direito de queimar essas coisas, porque tenho certeza de que, indiretamente, ele usou o meu dinheiro para comprá-las."

"Ah, não, Siz... A lingerie da Frederick's of Hollywood, não!" Tentei dissuadi-la sem convicção e, ao mesmo tempo, quase com vontade de tirar da mão dela aquelas roupas sensuais. Mas a Lauren parecia estar mais na vibe dela do que na minha.

"Deixa ela! Siz, se isso te faz sentir melhor... faz o que precisa fazer." E depois, cochichou para mim: "Até que é bem terapêutico." Fiquei me perguntando de onde ela tirava esses conhecimentos sobre a "terapia de queimar coisas".

Mas quando a Siz apareceu com os braços cheios de brinquedos que pertenciam aos pequenos Vuyos, eu voltei a protestar.

"Ah, Siz? Você não pode culpar as crianças pelos pecados do pai, você sabe disso."

O único resultado foi ela direcionar o veneno para mim:

"Teu marido te traiu com a empregada? Ele cuidou dos filhos bastardos dele? Você prometeu amá-lo e respeitá-lo mesmo quando sua mãe te avisou contra isso? Você ligou escondida para alguém que conhecia para arranjar emprego pra ele, porque sabia que ninguém ia dar uma chance por causa do registro criminal? E a família dele, acha que ele não merece o que fez por ela, apesar de tudo? Pois é, bem me pareceu que não. Então, Thandi, vai se foder com o seu moralismo, porque você não faz ideia de como eu me sinto. Eu queimo o que eu quiser, porque é meu."

Depois disso, a única coisa a fazer era sair do caminho daquela irmã, cantarolando "Burn, baby, burn!" pra mim mesma. Mas ela ainda não tinha acertado as contas conosco. Virou-se para a Lauren e disse:

"E você, se se atrever a contar alguma coisa para a minha mãe, pode esquecer que tem uma amiga chamada Nosizwe, entendeu?"

"Mas, Siz, você não acha que sua mãe devia saber? Ela está do seu lado..."

"Lo, já falei para você ficar calada. Eu vou contar para a minha mãe *quando* ou *se* eu quiser. E, como eu não quero ouvir ela me dizendo que estava certa, isso significa nunca! Você cala essa matraca. E isso também vale para você, Thandi. Não se atreva a dizer nada para a minha irmã."

Oh, merda!

"Bem, Siz..." Balbuciei.

"Oh, sua piranha fofoqueira, não me diga que já contou?"

"Amiga, você sabe que a Lizwe é sua única irmã e, apesar das diferenças entre vocês, ela pode te apoiar muito mais do que eu ou a Lauren, porque te ama incondicionalmente. Nós escolhemos ser suas amigas porque gostamos de você, mas ela é sua irmãzinha." Achei que tinha acertado o tom melodramático pro momento. "Além disso, ela chega hoje à noite."

"Merda, Thandi! Quando é que você vai aprender a cuidar da sua própria vida? Já estou até vendo ela lá, conversando com a mamãe e dizendo como eu fui 'burra desde o início'. É por isso que dizem que em boca fechada não entra mosca. Agora vou ter que fingir que tá tudo bem, senão ela vai correndo contar para nossa mãe que eu tô destruída."

Para aliviar a tensão, a Lauren sugeriu que fôssemos buscar alguma coisa para comer para as irmãs rivais. O Mandla e o Michael nos deram todo o apoio quando a Lauren e eu ligamos para avisar que ficaríamos até tarde na casa da Siz. "Claro, tudo bem", disseram eles, sem muito entusiasmo. Talvez estivessem se sentindo culpados por terem se envolvido no complô que ajudou a quebrar o coração dela.

A Lizwe chegou, dirigindo um carro alugado no aeroporto, bem na hora em que eu estava prestes a começar a assar as batatas picantes, uma das receitas do meu pai que ele tinha enviado por mensagem. Ela estava com os olhos inchados, o rosto abatido e os ombros caídos.

"Maninha, você parece pior do que a sua irmã, e é ela quem foi traída pelo marido. Está trabalhando demais de novo nesses seus projetos comunitários?" Coloquei a assadeira sobre a mesa e fui abraçá-la.

"Obrigada pelo voto de confiança — e eu achando que ainda parecia ter dezesseis anos..."

"Nada disso. Agora você parece ter dezessete e cheia de incertezas na vida. A Siz e a Lauren estão preparando o quarto de hóspedes, por que você não vai lá dar um 'oi'?"

"Mas como está a Siz?" perguntou, baixinho.

"Maninha, te conto os dramas do dia quando estivermos todas juntas. Por enquanto, vai lá dentro dar um oi pras suas meias-irmãs", brinquei.

A Lauren e a Siz apareceram de braços dados.

"Ela não precisa ir lá dentro dar oi, estamos aqui." A Lauren deu-lhe um abraço caloroso. "Lizwe, seu corpo deve causar inveja nas fanáticas por dieta como a Thandi, mas eu, pessoalmente, acho que você perdeu peso. Tá comendo o suficiente?"

"Sim, *sis'wam*", a Siz a beijou carinhosamente. "Parece que é você quem está casada, infértil e com um marido traidor, e não a solteira feliz que ainda mora na casa da mamãe." Mesmo em plena crise, ela não resistiu ao sarcasmo.

"Bem, é bom me sentir tão bem-vinda entre vocês", Lizwe forçou uma risada. "Estou bem o suficiente... Mas, por favor, posso ter uma cerveja gelada antes de começarem a me criticar?"

"Lizwe, eu sempre disse que morar em Monti não era assim tão bom. Você é a única de nós que bebe cerveja e não sabe apreciar meus coquetéis. Não tem vinho em Mdantsane?" Perguntei.

“Thandi, me arranja uma cerveja antes de começar a fazer perguntas bobas. Eu bebo cerveja porque sou uma mulher do povo, e o povo bebe cerveja — não que eu ache que alguma de vocês, damas da classe alta, sabe algo sobre o ‘povo’. Além disso, por que eu beberia Blue Hawaiis ou Manhattans se não estou em Honolulu nem em Nova York?”

A Siz interrompeu, “Thandi, por mais que eu goste dos seus coquetéis, dessa vez tenho que concordar com minha irmã. Será que não existem coquetéis africanos?”

Era óbvio que estávamos todas tentando evitar falar sobre o Vuyo até que a Lizwe tivesse tempo de relaxar. “Thandi, a Siz era tão doida na faculdade como é agora, com essas conversas sobre coquetéis africanos?”, perguntou Lauren, cheia de tato.

Contei que, quando a Siz chegou à minha universidade, eu fiquei super empolgada por ver outra pessoa da África do Sul... Até que eu a apresentei para o resto dos estudantes pan-africanos.

“Estávamos em uma festa e havia lá um cara mestiço de Nova York. O pai era jamaicano e a mãe completamente loira de olhos azuis, igual você, Lauren. Apresentei-o à Siz e ele estendeu a mão para apertar a dela. A Siz olhou para ele com desprezo e disse, ‘Não sei por onde essa mão andou, mas sei que não foi perto da África.’ Eu quis que o chão me engolisse. Ele era um cara tão legal... ‘Então é assim, minha irmã?’ ele respondeu. A Siz simplesmente lançou-lhe um olhar cortante e disse: ‘A não ser que minha mãe tenha passado um tempo nas ilhas e esqueceu de me contar, você não é meu irmão.’ Como vocês podem imaginar, aquilo acabou com minha carreira universitária como Miss Simpatia."

As meninas caíram na risada, e continuamos trocando histórias da faculdade, acompanhadas de uns drinks ao entardecer e do cheiro dos temperos assando no forno.

"Então, Lizwe, como está a Ma?" perguntei, em certo momento.

"Além de dissecar minha vida e dizer que me casei com o homem errado e atraí todo esse drama, você quer dizer?" comentou Siz, cheia de autocomiseração.

Lizwe a ignorou. "Ela mandou lembranças."

Mas a Siz, que já estava bem embriagada a essa altura, não se deixaria ignorar tão facilmente. "Pois é, mas estou curiosa para saber os comentários mordazes dela sobre minha vida. Tenho certeza de que ela acha que eu mereci isso por ter me casado 'abaixo do meu nível'."

Lizwe resolveu responder e encerrar o assunto de vez: "Nosizwe, a mamãe te ama e isso está deixando ela muito triste. Você sabe bem que, em parte, ela sempre foi contra o Vuyo porque, à maneira dela, pensava que estava te protegendo. Não sei bem como explicar, é coisa de mãe. Eu sei que às vezes sou protetora demais com meu filho e sei que essas duas aqui também são com os filhos delas."

Lauren e eu concordamos balançando a cabeça — mas só por um instante, até que a Siz explodiu de raiva.

"Oh, então não basta estarem todos falando de mim pelas costas, de como meu marido é 'desprezível'. Agora também precisam me lembrar de que sou incapaz de ser mãe?" gritou Siz.

"Calma. Ninguém está falando de você pelas costas. Estamos do seu lado. A mamãe só quer saber se você está bem", respondeu Lizwe, pacientemente.

"Sei, claro", disse Siz, com indignação evidente, "ela quer saber se estou bem, como queria saber se eu estava bem quando mandava milhares de dólares para seu apartamento em Manhattan enquanto eu dividia uma quitinete. Quer saber se eu estou bem, como quando ela ia te visitar e fazia reservas de jantar no 21 enquanto eu dividia um cachorro-quente com a Thandi, no Havaí. Quer saber se eu estou bem, como quando eu não tinha dinheiro para a pós-graduação e, ainda assim, ela não tinha problemas em pagar durante *sete* anos as mensalidades do seu bacharelado? Ah!"

Uau. Estava claro que a Siz ainda guardava muitos ressentimentos. E a Lizwe começava a perder a paciência.

"Sim, a mamãe errou, mas ela é humana e comete erros, como todas nós. Ela se preocupa com você, e talvez espere tanto de você por conhecer seu potencial."

"Ah, então é assim que ela chama agora? Sabe, maninha, você nunca vai entender o que eu sinto porque sempre teve facilidades. O Vuyo foi a única pessoa que eu achei que era só minha, mas, claro, com a minha sorte, descobri que ele prefere a minha empregada. Mas", ela deu de ombros, "você nunca vai saber o que é perder alguém que ama, né? Sua vida é perfeita. Tem um filho que a Ma ama e com quem quer morar. O pai do seu filho estava doido para se casar com você, mas você queria sua independência. Você me dá vontade de vomitar."

Enquanto aquela partida de tênis de rivalidade entre irmãs acontecia, Lauren e eu ficamos olhando da Siz para a

Lizwe e vice-versa, por isso não perdemos o instante em que a expressão da Lizwe mudou. Seus traços mostravam impaciência.

"Nunca vou saber o que é perder alguém que amo?" disse ela, em voz baixa, balançando a cabeça. "NUNCA VOU SABER O QUE É PERDER ALGUÉM QUE AMO, É ISSO QUE VOCÊ DIZ?" gritou de repente. "Siz, você está tão ocupada sentindo pena de si mesma, é tão egoísta e tão absorvida pela sua própria vida que... Por isso nunca te contei isto antes." Ela soltou uma risada sombria, sem nenhuma alegria. "A Ma e o Pa estão morrendo. Tenho passado noites em claro cuidando de um ou de outro. O pai que te criou tem AIDS em um estágio muito avançado e a mulher que te deu à luz é soropositiva. Estou vendo eles desaparecerem diante dos meus olhos dia após dia. Não sei o que é perder alguém que amo? Você é inacreditável, Nosizwe. Sério."

Bom, aquilo nos deixou sóbrias na mesma hora. Ficamos apenas sentadas ali, de boca aberta.

Nosizwe, que acabara de engolir um gole de vinho, cambaleou como se tivesse levado um tapa na cara. Em seguida, jogou o copo contra a parede e começou a chorar. A pergunta que todas queríamos fazer, mas ninguém tinha coragem, era a mesma: Como? Quem passou o vírus para quem?

"Pensei que era uma doença que afetava gente mais jovem... adolescentes, jovens adultos..." Lauren foi a primeira a falar.

"Será que o marido da Ma andou fazendo o mesmo que o Vuyo e colocou a Ma no corredor da morte?" perguntou a Siz.

"Não teria sido algum médico, com inveja do sucesso deles, que fez uma transfusão contaminada?", indaguei, sempre me achando a rainha das teorias da conspiração. E comecei a questionar, mentalmente, se eles teriam contraído a doença pelo modo tradicional, se não seriam velhos demais para 'fazer aquilo'...

Pelo visto, Lizwe já havia se feito muitas dessas perguntas, mas nem ela sabia as respostas. Absorvemos a notícia em silêncio.

"Então, o que vai acontecer agora?", acabei perguntando.

Lizwe, a mais jovem e, no entanto, a mais forte de todas nós, informou que Ma estava planejando vir a Joanesburgo assim que se sentisse um pouco mais forte. Já tomava antirretrovirais, mas, sendo quem era, decidiu que não gostava do médico e que queria estar perto dos curandeiros favoritos dela: Mandla e Chukwu; e também aproveitar as excelentes instalações de tratamento em Joanesburgo. Lizwe voltaria para Monti para cuidar do pai, embora, conforme comentou, o médico tivesse dito ao Pa que ele deixou a doença avançar demais e que talvez fosse melhor ir para um asilo.

Tateante, Lizwe nos informou que Ma tinha dito que queria ficar comigo e com Mandla. "Ela acha que seria mais fácil para ela estar na casa da Thandi, já que Chukwu é, como vocês sabem, o médico favorito dela, e porque o Mandla está lá e tudo mais... então ela pensou que talvez..." Virou-se para a Siz. "Você não se importa, né?"

Contrariada, Siz respondeu: "Claro que não. Tudo bem. Por favor, diga para ela vir o quanto antes. E, Lizwe, por favor, você pode voltar para lá amanhã? Me sinto muito egoísta por te ter aqui, enquanto Ma e Pa estão mal."

“Sim”, acrescentou Lauren, “nós podemos cuidar umas das outras por aqui. Ai, meu Deus... Por quê?” Todas nos abraçamos, murmurando palavras silenciosas para divindades desconhecidas, e quando nos soltamos, passamos a caixa de lenços uma para a outra e abrimos uma garrafa de vinho, que foi compartilhada com um humor sombrio.

No dia seguinte, Lizwe pegou o avião, e cada uma de nós, a seu modo, começou a se preparar para a chegada de Ma.

A tragédia da doença da Ma teve um desdobramento inesperado: abriu uma brecha para o retorno do Vuyo.

Deixando as crianças com a mãe dele, o Vuyo passou a ir regularmente ao consultório do Mandla, supostamente para cuidar dos pontos do ferimento de bala que ele havia tratado no Hospital Edenvale, e que considerava um trabalho de açougueiro. Mas provavelmente ia para saber o que estava acontecendo em seu antigo mundo. O Mandla, claro, me manteve informada sobre os acontecimentos.

Depois de sair do Hospital Edenvale, o Vuyo foi para a casa da mãe, onde, segundo o Mandla, foi recebido com compreensão pela família diante do "erro" que havia sido sua união com aquela moça de colégio Modelo C,[8] e ouviu vários "eu te disse" da própria mãe.

Infelizmente para a família do Vuyo, por mais que a união dele com a Siz fosse considerada certa ou errada, ele já não estava mais acostumado com garotas de *loxion*, cuja única ambição — como ele disse ao Mandla quando entrou mancando no consultório — era garantir que o cara com quem conversavam lhes comprasse mais algumas garrafas de cerveja Hansa. "Irmão, fiz uma grande besteira!", ele choramingava para o Mandla. "Sinto falta do intelecto dela, do senso de humor. Sinto falta de como ela sabe o que quer da vida e da forma como me ama incondicionalmente. Na semana passada, encontrei uma ex e tentei conversar com ela sobre algo que vi no noticiário da BBC, mas ela nem sabia do que eu estava falando."

Obviamente, ele dizia tudo isso na esperança de que o Mandla repetisse esses lamentos para mim, e que eu, por minha vez, repetisse para a Siz. Eu sabia disso, mas não me envolveria no assunto, caso ele tentasse se reaproximar dela.

Dizem que o amor vence tudo, e no caso da Siz e do Vuyo, realmente venceu. O Mandla me contou como o Vuyo ficou devastado quando ele lhe deu a notícia sobre a Ma. "Amor, ele ficou arrasado. Sabe que a mãe da Siz não gosta dele, mas ele continuava dizendo: 'Fiz besteira. Quero estar lá para ajudar a Siz.' Ele sabe como isso deve ser difícil para ela."

Ao que eu respondi: "*Ya*, tá bom."

Mas o que o Vuyo sentia pela Siz era obviamente mais forte do que o meu cinismo, porque, logo depois de saber da notícia, ele juntou coragem para ir falar com a Siz pessoalmente. Sabendo que ela era uma pessoa que não gostava de cenas (apesar daquela que fez na casa da mãe dele), ele garantiu que ela o ouviria sem interromper aparecendo de surpresa no escritório dela. A melhor e a pior coisa sobre o escritório da Siz era o fato de ser um espaço aberto, sem divisórias, o que significava que ela não poderia realmente levantar a voz e gritar, por mais que quisesse.

Não tenho certeza se a Siz teria aceitado o Vuyo de volta se não fosse por dois motivos. A Lauren e eu havíamos apontado o primeiro erro: quando a Siz se casou com o Vuyo, usando os óculos cor-de-rosa do amor, acreditando no "felizes para sempre" e, talvez, querendo desafiar a mãe, casou-se em comunhão de bens. Embora sua família fosse composta por ela, Vuyo, os filhos dele e a família estendida, o patrimônio pertencia unicamente à Siz e, se ela se divorciasse, como tinha pensado em fazer, teria que dividir todos os seus bens com ele. O segundo motivo era que, apesar de Pertunia, do tiro, do drama na casa da mãe dele e de todos os percalços que haviam ocorrido, o Vuyo e a Siz realmente se amavam. Como ela nos contou mais tarde: "Quando vi o Vuyo entrando no escritório, corri direto para ele e nos abraçamos forte, como nos filmes."

Seja como for, pelo menos a Siz já não usava mais os óculos cor-de-rosa. Tendo sido enganada uma vez, chegou a uma conclusão importante: desta vez, a relação obedeceria às regras dela. O Vuyo tinha destruído a confiança, que era a base da relação, e agora precisava pagar por isso. Ele teria que provar que queria apenas a ela, se fosse para estarem juntos novamente. O reencontro virou a separação a favor da Siz, porque dessa vez houve muita negociação e muitas visitas a advogados, para que ela pudesse elaborar um acordo pós-nupcial, que o Vuyo assinou obedientemente.

E assim ele voltou, deixando a casa da mãe para retornar ao seio da burguesia, cercado por churrascos, restaurantes caros e banheiros dentro de casa, em Lombardy East. Tinha sido um inverno frio para ambos, mas agora eles já podiam sentir juntos os tímidos raios da primavera surgindo, e, para nós, que observávamos, pareciam mais apaixonados do que nunca — com o Vuyo esclarecido sobre quem realmente tinha as rédeas daquela relação.

A Lauren e eu demoramos um pouco mais para perdoar o Vuyo, mas ele, sabendo que precisava do nosso apoio, nos convidou para almoçar em um sábado. Ficamos desconfiadas. Apesar de tudo, éramos muito protetoras da nossa amiga-irmã, mas, pelo bem da Siz, decidimos ir.

"Sim. O que você quer?", desafiou a Lauren no momento em que nos sentamos.

Ali estava o Vuyo, dizendo que errou e soltando aquelas ladainhas que os maridos traidores costumam dizer às esposas fiéis ao longo dos tempos. Nós não éramos casadas com o Vuyo, então deveríamos apenas ter olhado uma para a outra e, depois, para ele e dito: "Ah, tanto faz", mas tanto a Lauren quanto eu somos umas bestas românticas. E, já agora, quantas vezes o marido de alguma amiga pede desculpas por ter destruído a vida dela?

"Obrigada por nos convidar, Vuyo", eu disse, falando por nós duas. "Mas o que acontece entre você e a Siz é um assunto que diz respeito apenas a vocês. Não posso dizer que estamos super felizes com seu retorno, mas se a Siz está feliz, isso é o que importa. Quanto ao seu comportamento no futuro com ela... Veremos. Podemos, por favor, deixar esse assunto de lado?"

"Não, não podemos. Vocês não precisam gostar de mim. Mas sei que têm evitado ir à nossa casa desde que voltei, e só quero dizer que vocês não precisam ser minhas amigas, mas, por favor, parem de castigar a Siz por me aceitar de volta e tentar fazer nosso casamento funcionar. Voltem a frequentar nossa casa... Sem vocês ela fica perdida. Com tudo o que está acontecendo com os pais dela, ela precisa de todo apoio, vocês sabem disso."

"Oh, que fofo!", murmurou a Lauren, e até eu fiquei um pouco emocionada. Não era a reação que tínhamos planejado ter com o Vuyo, mas, bem, foi o que aconteceu.

O Vuyo começou a se desculpar, mas a Lauren não ia perdoá-lo tão facilmente. Afinal de contas, nós é que ficamos segurando as pontas depois da sua infidelidade. Ela queria saber exatamente por que ele estava pedindo desculpas. Ele se alongou dizendo que tinha traído a esposa, que sabia como nós cuidávamos dela e que o fato de a Siz saber que nós não gostávamos dele estava causando atritos.

"Fui simplesmente um tolo, e no momento em que a Siz me pegou, me senti como se estivesse morto. Eu mereci que ela atirasse em mim e juro que nunca, mas nunca, vou fazer isso de novo!" Enquanto dizia aquilo, ele coçava a cicatriz na coxa — um bom lembrete.

Mas a Lauren não deixava barato. "Por causa do que aconteceu com a Ma, só quero saber se pelo menos você usou camisinha com a Pertunia", provocou a Lauren.

Com um ar envergonhado, o Vuyo respondeu: "Fui imprudente. Desculpa. Mas quando fiz o teste deu negativo, e a Siz e eu concordamos em usar proteção durante o período de incubação e depois vou fazer o teste de novo."

Enquanto isso, como é típico dos verões em Gauteng, uma tempestade se formava sem que a Siz e eu tivéssemos ideia. Numa tarde de domingo, enquanto o Mandla visitava sua mãe e eu estava estendida no chão da sala, fingindo que o Hintsa me vencia numa partida de damas, alguém bateu na porta da frente com violência.

Caminhei vagarosamente em direção à porta, me perguntando que tipo de vendedor trabalha num domingo à tarde. Quanto mais devagar eu andava, mais insistentes se tornavam as batidas. Quando cheguei à porta, já tinha algumas palavras escolhidas para quem quer que estivesse batendo daquela maneira. "Mas que...?"

Ali, do outro lado da porta, estava o primogênito da Lauren, o Júnior, de treze anos, com lágrimas escorrendo pelo rosto. Ele parecia incapaz de falar e se limitou a me puxar pelo vestido, indicando que eu deveria segui-lo. Segurei-o e tentei perguntar qual era o problema. "Ele está fazendo de novo. Vai matar ela, por favor, tia Thandi, faz alguma coisa, depressa!"

Eu não fazia ideia de quem estava fazendo o quê e com quem, mas sentia a obrigação de fazer o que pudesse, fosse por quem fosse — só para poder dormir tranquila, sem carregar na consciência o peso de um assassinato. Por isso, deixei o garoto me arrastar até o quintal da Lauren. Ali, me deparei com uma cena que imploro aos céus para nunca mais presenciar.

Michael, bêbado, chutava a Lauren e, de vez em quando, se inclinava sobre ela para acertá-la com a garrafa de uísque vazia que segurava, enquanto gritava entre as pancadas: "Piranha! Anda dormindo por aí com as suas amigas putas? Não minta pra mim, sua vaca gorda. Eu te mato!" A Lauren agitava os braços inutilmente numa tentativa desesperada de se proteger. Ela estava cheia de hematomas e sangrava de algum lugar que eu não conseguia identificar. Nunca senti tanta raiva na minha vida. Era como se cada golpe que a Lauren recebia estivesse sendo desferido em mim. Não sei se foi um caso de violência gerando violência, mas eu peguei a coisa mais próxima — a tampa de uma lata de lixo — e acertei a cabeça de Mike com toda a força que consegui reunir. Assim que ele caiu, comecei a chutá-lo, talvez com a mesma fúria que ele usara para chutar a Lauren momentos antes, exceto que a minha fúria era sóbria e, portanto, os chutes acertavam em cheio. Tive a vantagem do elemento surpresa, porque quando comecei a bater nele, a expressão do Mike era de quem pensava: "Que porra é essa?"

"Para, Thandi! Para! Vai matar ele!", a Lauren gritava para mim. E, por fim, sua voz penetrou nas partes enevoadas da minha mente, e eu percebi que estava retribuindo violência com violência. Quando a Lauren se levantou, notei de onde vinha o sangue. Ela tinha um corte feio perto do olho, onde a aliança dele tinha acertado a sobrancelha. Um dos dentes da frente estava fora do lugar, a blusa estava rasgada, e as pernas e braços estavam cobertos de hematomas. "Meu Deus, Lauren, como você vai trabalhar nesse estado?" Perguntei, e quase me chutei por isso assim que as palavras saíram da minha boca, porque eu realmente falei como a boa viciada em trabalho que sou. Como eu poderia ser tão estúpida? Mais preocupada em saber como ela iria trabalhar do que em saber se estava bem.

Michael, em seu torpor alcoólico, já roncava na grama onde, minutos antes, esteva empenhado em espancar a esposa. Aproveitei e arrastei a Lauren para a minha casa, com as crianças atrás, ignorando seus protestos de que deveria prestar socorro ao abusador. Eu só queria fazer uma breve parada para confirmar que minha empregada estava lá para cuidar das crianças. Depois de levar a Lauren ao hospital, achei que seria mais seguro ir para a casa da Siz, que ficava mais distante, caso o Mike decidisse nos seguir e criar mais confusão. Era o dia de folga da Marita, mas aquela era uma emergência, e eu pensei que ela entenderia.

Ela própria tendo sido vítima de abusos, Marita assumiu o controle imediatamente, dizendo que levássemos Lauren para um lugar seguro e se oferecendo para cuidar das crianças até que eu a avisasse.

Enquanto me dava instruções sobre o que fazer, Marita sacudia a cabeça e soltava aqueles clichês de que os abusadores vêm das classes mais baixas: "Como ele foi capaz? Eu pensava que ele fosse uma pessoa instruída."

Preocupada com a segurança das crianças, liguei para Mandla, que parecia ofegante, e mandei ele voltar para casa imediatamente. Depois, dirigindo como se estivesse sob a mira de um grupo de Testemunhas de Jeová determinadas a me converter, levei Lauren rapidamente ao Hospital Edenvale.

Entre os bêbados do sábado à noite, os feridos de trânsito causados pela embriaguez e as vítimas de violência doméstica por maridos ou amantes bêbados, Lauren e eu passamos por uma longa sessão de espera.

Isso me deu a oportunidade de ligar para Siz e contar a ela tudo o que havia acontecido no dia. Com seu coração enorme, Siz disse imediatamente para levar Lauren para sua casa, por segurança, e mandou Vuyo ao shopping comprar alguns artigos de higiene pessoal e roupas para ela se mudar.

Foi só depois que chegamos à casa de Siz e o chá já estava pronto que ouvimos a história completa. Falando hesitante, entre lágrimas, Lauren nos contou algo que, em retrospectiva, deveríamos ter percebido: "Mike vem me batendo ao longo da maior parte da nossa relação."

"O quê?" Siz e eu olhamos para ela, horrorizadas.

"Começou pouco depois que começamos a namorar na universidade. Um dia, no bar do campus, eu estava sentada conversando com um amigo do Mike enquanto ele jogava bilhar, e um cara apareceu e começou a conversar com a gente. Foi tudo bem inocente, mas Mike chegou, me agarrou pelos cabelos e me arrastou de lá. Sinal dos tempos, ninguém que estava lá reagiu. O cara até tentou dizer para ele que estávamos só conversando, mas sua intervenção pareceu irritar ainda mais Mike, que simplesmente me arrastou para casa."

Lauren parecia exausta, então Siz e eu a colocamos deitada no sofá da sala de estar, a cobrimos com um cobertor e nos sentamos no chão. (Secretamente, eu agradeci o fato do sofá ser marrom, pois as manchas de sangue não seriam tão visíveis.) Cansada ou não, estava claro que ela precisava desabafar quase duas décadas de abusos. Ela continuou contando, pausando apenas para tomar um gole de chá, doce e já morno.

"Quando nos mudamos para o apartamento foi que ele começou realmente a me espancar. Sempre teve o cuidado de evitar partes do corpo que ficavam expostas quando eu estava vestida. Esse tem sido seu *modus operandi* até hoje, mas acho que, de alguma forma, o irritei um pouco mais do que de costume, ou talvez ele tenha bebido muito mais do que o normal, não sei."

"Você o irritou demais!?" exclamou Siz. Claramente, era uma mulher abusada que estava falando. Lauren ainda se culpava pelos abusos... E pensar que nunca soubemos de nada — durante todo esse tempo, eu tinha um abusador vivendo na casa ao lado!

"Vocês não entendem. Mike sempre pede desculpas, toda vez que isso acontece. Sei que ele me ama e, às vezes, ele diz que eu provoco. Diz que é por me amar tanto que fica tão impulsivo comigo. Promete que nunca mais vai fazer isso e sempre chora, mas talvez eu o leve a me bater, porque mesmo que eu fique zangada com ele por um tempo, acabo sempre percebendo que talvez eu esteja errada, e então eu o perdoo. Na verdade, quando levei a primeira surra, me senti até meio lisonjeada, porque mostrava que ele tinha ciúmes e que nosso relacionamento ainda era muito passional. Eu sei que ele me ama."

Lógica distorcida da parte de Lauren ou simplesmente masoquismo?

"Não, amiga", Siz não amenizou, "É evidente que ele gosta é de te bater!" Tentando trazê-la de volta ao presente, perguntei: "Então, o que aconteceu hoje?"

Lauren contou que Mike esteve bebendo desde cedo naquela manhã. Ele entrou na cozinha enquanto ela começava a preparar o almoço de domingo e disse que sabia que não havia acontecido nenhuma conferência na Universidade durante o final de semana em que tínhamos ido ao spa. Aparentemente, ele havia escutado Marita e MaRosie conversando sobre isso. Malditas empregadas. Talvez Lauren e eu devêssemos ter aumentado a altura do muro.

"Ele disse que começou a desconfiar", continuou ela, alternando entre risos e lágrimas, "e foi confirmar com o Diretor do Departamento de Inglês, que disse que eu não tinha participado de conferência nenhuma. Disse que ficou calado esse tempo todo, mas hoje quis me dar uma lição, para eu não ficar dormindo com qualquer um e mentindo para ele. Eu expliquei que só estava com vocês, mas ele disse que vocês duas são umas vadias sem vergonha que provavelmente me encorajaram a dormir por aí, porque no fundo devem ser lésbicas."

Em seguida, ela desabotoou a camisa jeans de mangas compridas e nos mostrou algumas cicatrizes antigas. Percebi que, durante todo o tempo em que fomos vizinhas, nunca a vi de roupa de banho.

Siz e eu sempre pensamos que era Mike quem ficava por baixo na relação. Se eu não tivesse visto ele batendo nela e não tivéssemos constatado os hematomas, chamaríamos de mentirosa qualquer pessoa que dissesse que Mike era abusivo, e talvez até a acusássemos de difamar o caráter dele. De fato, até então, estaríamos prontas para testemunhar que Michael era o mais liberal dos homens, mais feminista que muitas mulheres.

A mim e a Siz, enquanto crescíamos, nos ensinaram que um homem que bate em uma mulher não é digno de ser chamado de homem. Também nos ensinaram que a educação contribui para a "civilização" (seja lá o que isso signifique). Não esperávamos que um professor bem instruído da classe média, um educador da juventude promissora, fosse espancar a esposa — o que a gente imagina que acontece com trabalhadores de minas no interior. Isso mostra o quanto não sabemos sobre o que acontece a portas fechadas nas casas dos vizinhos.

Quando Lauren adormeceu profundamente, Siz e eu continuamos a conversa na cozinha. Nos culpávamos por não termos notado nada de errado na relação dela com Mike.

"Não acredito que nunca tenhamos percebido, e eu morando na casa ao lado!" disse eu.

"É verdade, mas eles esconderam muito bem, Thandi!" comentou Siz.

"Mas, por outro lado, Siz, pensa bem... Lembra de como Lauren sempre dizia 'tenho que perguntar ao Mike' antes de fazermos qualquer coisa?" perguntei, percebendo agora o que era óbvio.

"Sim, e você lembra como ele ficava sempre colado nela, dando ordens, quando fazíamos os *braai*? Agora, vejo que deveríamos ter percebido. Droga, talvez Lizwe estivesse certa. Sou uma pessoa egocêntrica e egoísta."

"Não, Siz. A errada fui eu. Não desconfiei de nada, e moro na casa ao lado. Estou tão absorvida no meu marido, no meu filho, no meu trabalho." Então tive um momento de clareza. "Siz! É por isso que ela queria um vestido de mangas compridas naquele final de semana no spa!" E concluímos que esse provavelmente era o motivo para Lauren não ter se importado de dar em cima do Zunaid, o massagista, naquele final de semana — ela estava tentando dar o troco da única forma que conhecia. Talvez, secretamente, esperasse que contássemos para nossos maridos e, eventualmente, algum deles informasse o marido dela.

"Então, o que vamos fazer, Siz?" perguntei, confusa.

"Bem, não podemos deixar Lauren voltar para lá, mesmo que eu tenha que amarrá-la aqui em casa, para o bem dela. Sei que ela vem suportando esses abusos há muito tempo, mas o que faríamos se, da próxima vez, ele a matasse?"

Siz tinha razão, claro. Ia ser difícil ajudar Lauren a romper as correntes que a prendiam a Michael, mas, e se, da próxima vez, ele realmente a matasse? Seríamos tão responsáveis pela morte dela quanto se tivéssemos sido nós a desferir o golpe fatal. Tínhamos que acabar com aquilo. Imagens de Mike como o brutamontes cruel inundaram minha mente. Não. Não podíamos deixá-la voltar de jeito nenhum.

Quando ela acordou, retomamos nosso interrogatório, mas dessa vez estávamos mais focadas. Alguma vez ela tinha prestado queixa contra ele pelos abusos?

"Claro que sim. Mas eu sempre retirava a queixa depois de ele pedir desculpas, porque me dizia que eu ia acabar com a nossa família." Como se alguma criança quisesse viver em uma família abusiva!

"Não acha", perguntei calmamente, "que dessa vez talvez pudesse prestar queixa e não retirar? Sabe, querida, é que se você não fizer isso e ele repetir, pode acabar te matando." Ela continuou recusando, até o Vuyo voltar das compras.

Ele pegou um espelho e mostrou o rosto dela. Lauren estremeceu ao ver a própria imagem pela primeira vez: os hematomas que rapidamente se transformavam em manchas roxas, o corte no supercílio e o dente solto. Depois, ele fez o que nós não conseguimos. Conseguiu atingir o único argumento que ela tinha para voltar para Mike — o argumento de "ele é o pai dos meus filhos".

"Escuta, Lauren, se você voltar para lá e Mike acabar te matando, seus filhos ficarão sem mãe e, certamente, também sem pai. Porque ou eu mato ele com minhas próprias mãos, ou, se eu não fizer isso, vou garantir que ele seja preso. Eu serei testemunha e vou fazer com que ele fique na prisão por muito tempo. É isso que você quer para seus filhos?"

Lauren olhou para ele e vacilou visivelmente, como se Vuyo tivesse dado uma bofetada. Seus olhos se encheram de lágrimas enquanto se olhava no espelho. Vuyo, percebendo que tinha causado um impacto, continuou, autoritário: "Você não estará fazendo nenhum favor aos seus filhos."

Eu também sou mãe e sei que não há nada mais forte do que o amor de mãe, e Vuyo tinha acabado de colocar mais lenha na fogueira. A fúria de Lauren contra Mike falou mais alto, e ela se animou imediatamente: "Sabe de uma coisa, Vuyo? Você tem toda a razão. Pode me levar à delegacia de Orange Grove? Quero garantir que aquele homem seja preso e acusado", a determinação mais profunda estava estampada no rosto dela enquanto falava, e nós percebemos que ela não voltaria mais para Mike.

A polícia prometeu ir buscar Mike naquela mesma noite. Assim que ele foi detido, bêbado e inconsciente,

Vuyo, o príncipe valente, levou Lauren para casa para pegar roupas para ela e para as crianças. Depois, passaram pela minha casa para buscá-las.

Talvez fosse por causa da crise, mas Vuyo tinha se tornado incrivelmente imperativo e muito simpático, atraente como apenas um homem no controle pode ser. Quando ele e Lauren voltaram, ligou para seu superior imediato, dizendo que não iria trabalhar nos próximos dois dias. Siz fez o mesmo — alegando uma "emergência familiar". Nunca pensei que ouviria Siz se referir a Lauren como parte da família, mas ali estava. Lauren precisava de todo o apoio possível.

Vuyo deu ordens com seu estilo autoritário: "Escuta, querida. Amanhã eu vou levar as crianças da Lauren para a escola e depois vou buscá-las. Eu pediria que você fizesse o café da manhã para Lauren, mas... Lauren, você sabe como minha esposa cozinha, então, trago uns bolos, tudo bem? Amor, quando eu voltar da escola com as crianças, podemos ir com a Lauren ao Tribunal de Violência Doméstica na Market Street para conseguir uma medida cautelar contra Mike."

"Mas, querido", interrompeu Siz, sempre a mulher casada e independente. "Tenho certeza de que Lauren e eu somos capazes de ir ao tribunal sozinhas."

"Eu não aconselharia isso. Podem precisar da minha proteção. Não sabemos o que Mike pode tentar fazer depois de passar uma noite na cadeia. Pode se sentir tentado a se vingar da esposa e das amigas intrometidas que ele culpa pela prisão."

Ele falava por experiência própria? "Vuyo tem razão. Nesse ponto, tenho que concordar com ele", disse eu.

Em seguida, Lauren ligou para MaRosie, que estava com a irmã em Alex, e disse que ela poderia tirar uma semana de folga — paga, é claro — porque não havia ninguém em casa. "Não é nada grave", disse a MaRosie. "Precisávamos apenas fazer uma pequena viagem, então aproveite e passe um tempo com sua irmã." Ouvimos a resposta no viva-voz: "*Hawu*, obrigada, madame. Isso é tão gentil da sua parte. Puxa, se eu soubesse que a madame me daria uma semana de folga com vencimento, hoje, na igreja, eu teria rezado uma oração extra pela senhora!"

Desde que Lauren começou a tratá-la de forma mais humana, MaRosie se tornou muito afetuosa com ela e com as crianças. Se soubesse o que realmente tinha acontecido, não me surpreenderia se ela contratasse uns caras para espancar Mike como ele havia espancado a esposa. Até o fim da semana, provavelmente saberia de tudo pelas conversas com Marita. Para o bem de Mike, espero que ele nunca mais cruze com ela. Prometi pedir ao Mandla para passar por lá assim que chegasse em casa para ver os pontos de Lauren e lhe dar mais analgésicos. Com Siz e Vuyo no comando, não havia muito mais que eu pudesse fazer.

Emitiram uma medida cautelar para manter o Mike longe da Lauren e dos meninos, mas isso não o impediu de tentar se vingar das pessoas que considerava responsáveis pela destruição da sua felicidade: eu e a Nosizwe. Ele foi até o trabalho da Siz, entrou pelo portão e furou os quatro pneus do C200 dela, o que mostra bem que, na África do Sul, se você for branco e estiver bem vestido, os seguranças te deixam entrar em qualquer lugar. Mais tarde, ao verificarem as câmeras de segurança, ele foi visto em ação, cometendo o ato com calma, sem sequer merecer um olhar desconfiado das poucas pessoas que passaram enquanto ele fazia o trabalho sujo. A Siz me ligou para contar o que aconteceu e eu fui imediatamente para lá. Afinal de contas, eu era a única pessoa a quem ela podia recorrer, já que o maridinho ainda estava no trabalho e, de algum modo, ligar para a Lauren poderia parecer que a estávamos culpando, agravando ainda mais o maior erro da vida dela. Quando voltei para a casa da Siz, estávamos lá há menos de uma hora quando o Vuyo chegou.

"Vamos já prestar queixa contra esse meio-homem imaturo, abusador de mulheres", disse ele, cheio de paixão, esquecendo-se por um instante de que a tinta ainda não tinha secado na sua própria página virada pós-Pertunia.

"Talvez não seja uma boa ideia", comentou a Siz, a voz da razão, "ele pode fazer algo ainda pior."

"Estou feliz que você esteja bem, querida. Vem cá." Vuyo falou ternamente com a esposa, enquanto ela ia de encontro aos braços reconfortantes dele. Achei que era a hora de ir embora e saí de fininho da casa deles.

O Mike também fez algumas coisas estúpidas comigo e com o Mandla. Entrou no nosso quintal pelo portão dos empregados que a Marita havia deixado aberto, enquanto ia fofocar com a MaRosie na casa ao lado, e quebrou algumas janelas, pichando o nome dele com spray nos outros vidros. Felizmente, tínhamos grades anti-roubo nas janelas, e assim podíamos viver um ou dois dias sem nos preocupar com a nossa segurança.

A Lauren estava ficando cada vez mais tensa. Sobretudo quando precisou depor no julgamento do Mike por violência doméstica. Ele foi considerado culpado e aplicaram-lhe uma pena suspensa, além de uma multa gigante. Enquanto isso, em casa, Lauren ficava simplesmente estirada na cama, olhando para o teto como se estivesse enfeitiçada.

Muitas vezes, Siz me chamava para irmos juntas distraí-la com conversa. Falávamos sobre todo tipo de assunto, mas ela ficava em silêncio. Depois, sem mais nem menos, dizia algo como "vocês não entendem, meninas. Ele é de Áries, e as pessoas desse signo são muito passionais, mas eu sei que ele nos ama, a mim e aos meninos." Ao que uma de nós balbuciava: "Tem toda a razão, linda", enquanto trocávamos olhares por cima da cabeça dela, como quem diz: "a sua amiga está enlouquecendo." Mas isso também passou.

Com nosso encorajamento, a separação foi processada rapidamente. Foi um divórcio sujo, mas no fim, Lauren, sem saber, conseguiu encontrar as principais coisas que havia perdido durante todo o tempo que esteve com Michael — a autoestima e a dignidade.

Sempre calculista, a Ma planejou sua visita para coincidir com o fim do processo da Lauren no tribunal. Pobre mulher. A Ma sempre foi magra, mas quando chegou, estava esquelética. No seu estilo típico, entrou alegremente, sem avisar, no início da noite, quando estávamos nos preparando para o jantar.

"Ma, por que não ligou para a Thandi ou para mim, para que a buscássemos no aeroporto?" Repreendeu-lhe o Mandla entre abraços e beijos.

"Não sou nenhuma imbecil. Conheço o endereço de uma casa onde dormi milhões de vezes, e acho que tenho dinheiro suficiente na minha conta para arranjar 100 rands para pegar um táxi do aeroporto de Joanesburgo para Lombardy East. Estou adoentada, alguns diriam debilitada, mas não estou pobre", disse ela, enfaticamente. "Além disso, vocês provavelmente queriam que eu ligasse antes para que vocês, crianças, se preparassem para a minha chegada e fingissem que está tudo bem no mundo — nem pensar! Sou uma mãe africana e não preciso ligar com antecedência para marcar uma visita aos meus filhos." E ponto final. A mulher era incorrigível!

Apressei-me a colocar mais um prato na mesa e Mandla carregou a mala dela para o quarto de hóspedes, onde ficaria morando enquanto estivesse em tratamento em Joanesburgo. Eu não estava preocupada com a sua adaptação. A Ma tinha um jeito de deixar sua marca em qualquer lugar onde entrasse, de uma forma que intimidava qualquer pessoa que não a conhecia bem, e, de vez em quando, até nos intimidava.

Depois de se sentar, chamou o Hintsa. "Como está meu segundo neto favorito? Você cresceu muito e, em dezembro, vai para a fazenda ordenhar as vacas com o Magoma, tá bem?" Disse, beliscando-lhe as bochechas. Considerando que ela, tecnicamente, só tinha um neto — filho da Lizwe —, não era um grande elogio, mas sendo a Ma a única avó que Hintsa conhecia, ele a amava como qualquer neto ama sua *makhulu*.

Depois do jantar, ela pegou o telefone e convocou a Siz e a Lauren para virem até a minha casa. No mesmo tom de comando, foi ela quem se encarregou de mandar o Hintsa para a cama. "Você está estragando completamente este menino. Uma criança da idade dele deveria estar na cama há mais de uma hora. E ele é leonino, e você bem sabe que um leão precisa dormir muito para ser eficiente no dia seguinte. Agora que estou aqui, as coisas vão mudar e não vai mais haver esse pseudo-médico americano Dr. Seuss. Não consigo entender como pais africanos não conseguem contar uma história infantil do nosso rico patrimônio cultural, ou pelo menos algumas belas lendas do Rei Artur", disse a *makhulu* anglófona.

Quando o Hintsa foi para a cama, a Ma começou a contar-lhe histórias sobre o rei-guerreiro que lhe deu o nome e cantar velhas canções xhosa. Foi então que mostrou o presente que trouxe para ele — uma camisa xhosa tecida à mão, criação de algumas mulheres de uma aldeia cultural em Mathatha.

"Fica bem em um jovem que carrega o nome de um grande chefe, não é, meu rapaz?", disse ela, acariciando o queixo dele. Quando mais tarde fui dar uma olhada, percebi que o menino dormia abraçado à camisa, com um sorriso no rosto, sonhando, tenho certeza, com os bravos feitos que seu xará realizou pelo bem do povo, antigamente.

O Vuyo chegou com a Siz para cumprimentar a sogra (embora provavelmente não tivesse certeza de como seria recebido por aquela mulher paradoxal). Com todos reunidos, a Ma deu ordens: "Por que vocês não se sentam? Tenho certeza de que querem ouvir o que tenho a dizer." Quando a Ma falava assim, só um louco se atreveria a agir de outra maneira. Todos nos sentamos. Ela olhou para cada um de nós como se nos estivesse vendo pela primeira vez. Conhecíamos aquele teatro, já tínhamos visto muitas vezes. Ela estava prestes a fazer piada de nós, como costumava fazer antes de abordar algum assunto sério.

A Ma era conhecida por seu pérfido senso de humor, mas só tinha graça quando suas flechas farpadas eram dirigidas a terceiros. Esperamos em silêncio e ela, como uma comediante perversa, olhou novamente para cada um de nós para ver quem seria a primeira vítima. Mandla, por estar olhando para o chão e não para ela, foi o primeiro a ser escolhido.

"*Wena*, Mandla *mfana*, é melhor dar um jeito nessa barba horrenda que está deixando crescer. Parece vinte anos mais velho do que realmente é, e ouvi dizer que anda bebendo demais — dá para ver pela barriga. E o que é isso de ir constantemente ao Soweto nos finais de semana? Já não sabe mais passar tempo com sua esposa e seu filho?" Mandla sabia que era melhor não responder, mas seus olhos lançaram chamas na minha direção quando ouviu a Ma mencionar a parte sobre beber demais. Percebi que haveria um sério interrogatório no leito conjugal antes de dormirmos.

A Ma voltou-se para a Lauren e, de maneira indireta, parabenizou-a por finalmente ter colocado o Michael para fora de casa. "Não façam essa cara de espanto, minhas filhas. Eu sempre soube o que estava acontecendo, mas cada um deve mudar a própria vida. Podem dar todos os conselhos do mundo, mas se a pessoa não estiver pronta, eles não adiantam e às vezes até criam ressentimento. Apesar disso, querida, eu não entendo por que você aguentou tanto tempo." Como melhores amigas da Lauren, a Siz e eu deveríamos ter ficado ofendidas por ela ter feito confidências à Ma e não a nós, mas não ficamos. Embora a Ma fosse brutalmente honesta e muito crítica, ela tinha uma maneira de ouvir e de fazer perguntas incisivas que levavam a pessoa a se abrir sem nem perceber. (Acho que a Lizwe herdou isso dela.) Se a Igreja Católica alguma vez decidisse permitir sacerdotes leigos mulheres, a Ma seria uma excelente candidata ao confessionário.

O semblante dela voltou a ficar descontraído, e se dirigiu a mim, o que não era um bom sinal para a Siz, já que significava que a Ma estava guardando o melhor para o final. "Escuta, minha filha, você tem um rosto bonito, mas precisa maneirar nos gastos com comida, porque está um pouquinho rechonchuda demais."

"Mamãe, realmente não tenho ido à academia há um tempo, mas o pior é que me convenceram a fazer um plano, e até hoje, continuam a cobrar todos os meses os meus duzentos randes."

Ela então se voltou para a Siz e para o Vuyo e, para nossa surpresa, os abraçou. Depois, olhou fixamente para o Vuyo, e a confidente tornou-se a confessora: "Escuta, meu filho. Eu nunca gostei muito de você. Nunca achei que fosse bom o suficiente para a minha menina. Se algum dia brincar de novo com os sentimentos dela, eu vou voltar do meu túmulo e te amaldiçoar pelo resto da sua vida. Não que eu planeje ir embora tão cedo, claro", disse, engolindo o resto do seu suco de laranja. (Por respeito à Ma e, principalmente, porque todos tínhamos medo dela, estávamos nos abstendo de bebidas alcoólicas nessa primeira noite.)

"Sei que já estão todos informados pela Lizwe sobre minha condição de soropositiva. Estou morrendo", e aqui ela se animou um pouco, "como todos nós temos que morrer. Talvez eu vá um pouco antes de vocês, devido à doença e à minha idade, mas o que tiver de ser, será. Agora sei que gostariam de saber mais sobre como eu fiquei doente. Nosizwe, sua irmã me disse que você anda perguntando: 'como isso aconteceu?'"

Pausa e respiração profunda. Todos queríamos saber e ficamos à espera. "Vou contar a todos como aconteceu, e direi o mesmo que disse à Lizwe quando ela me perguntou. Em uma palavra: sexo. Agora, não quero ouvir mais nada sobre isso e todos vamos seguir com nossas vidas sem culpar ninguém. Estamos entendidos?"

Estávamos entendidos. A Ma tinha falado. Mas ainda não tinha terminado. Havia mais notícias chocantes, mas que não tinham nada a ver com a doença. "Vuyo, neste exato momento, a Pertunia está grávida de três meses e eu acho que você deveria pensar em ir ao Cabo Oriental assumir suas responsabilidades."

Tínhamos pensado que a saga Vuyo-Pertunia tinha deixado Joanesburgo para trás quando Pertunia pegou o ônibus intermunicipal, mas agora parecia que ela continuaria a ser um elemento constante na vida da Siz, mesmo que apenas como uma infeliz lembrança da infidelidade do marido. O Vuyo começou a cantar o famoso Hino Internacional dos Homens: o "não fui eu", mas a Nosizwe foi rápida. "Cala a boca, Vuyo, você sabe muito bem que nem usava proteção."

A Ma prosseguiu como se não tivesse sido interrompida, agora com um sorriso insidioso no rosto, "Nosizwe, fiquei sabendo do tiroteio e estou orgulhosa de você. E você, Vuyo, mereceu, e se algum dia voltar a desrespeitar minha filha, eu, viva ou morta, vou fazer você se arrepender do dia em que nasceu e, desta vez, talvez seja eu quem vai segurar a arma."

Em seguida, passou para questões mais práticas.

"Mandla, vou pedir ao Dr. Chukwu para discutir com você as melhores opções de tratamento para mim. Sei que a clínica dele tem feito um ótimo trabalho em tratamentos e cuidados com HIV/AIDS, e tenho fé de que estou em boas mãos. Naturalmente, vou comprar meus medicamentos na sua farmácia, para garantir que o dinheiro fique em família." Disse tudo isso com um tom impassível.

Depois, voltou-se para a Siz e o Vuyo e disse que, tendo abençoado a união deles, teria gostado de ficar com eles, mas achou melhor ficar na minha casa e do Mandla. "Meus filhos, não quero que fiquem correndo comigo para o médico às pressas, quando posso ter um em casa."

Em seguida, informou ao Mandla e a mim que teríamos que ir juntos para o trabalho durante algum tempo, porque ela usaria o meu carro para se locomover, acrescentando, de maneira casual, que talvez fosse melhor assim, já que meu traseiro estava grande demais para aquele carro tão bonito. Cruel? Sim, e como era. Eu disse, um pouco emocionada, “Ma, por favor, pode parar com essas piadas de bunda grande?”

“*Haibo*”, respondeu, “se quer que eu pare, vá para a academia e faça alguma coisa a respeito, ou não é verdade, Mandla?”

O Mandla, sabendo quem aquece a cama dele, limitou-se a encolher os ombros. Todos estávamos gratos por ela ter voltado a ser como sempre foi, porque isso nos ajudava a lidar com a doença. Ela falou corajosamente e não sei se alguma vez a amamos mais do que naquele momento. Eu disse a mim mesma que a Ma tinha sido injustiçada pela sua geração. Ela estava muito à frente de seu tempo, e foi uma pena que, quando cresceu, as únicas profissões disponíveis para mulheres negras fossem enfermagem, professora ou assistente social. Ela teria sido uma brilhante advogada... Não conseguia imaginá-la perdendo um debate.

Pouco tempo se passou, mas parecia que a Ma sempre fez parte da nossa família. Sua presença conseguiu transformar cada um de nós na minha casa e todos mudamos para melhor.

O Hintsa fazia as lições de casa com mais rapidez, porque queria ouvir as histórias dos famosos guerreiros africanos de outros tempos, lendas que a Ma conhecia em abundância. Quando a Ma conheceu a Marita, logo se tornou a sua representante sindical. “Espero que esses dois não estejam te explorando, porque, se estiverem, aqui está o número do sindicato na sua área.” O fato de ela ter tirado um tempo para pesquisar essa informação antes de vir para Joanesburgo era um sinal de que a Ma nunca deixava nada ao acaso, e a Marita passou a adorá-la por isso. Com a ajuda da Ma, minha empregada pôde aprimorar suas habilidades culinárias e, certa noite, até conseguiu preparar um macarrão com queijo que toda a família saboreou no jantar.

O Mandla voltou a ser o homem charmoso com quem namorei; parecia ter mais tempo para passar com a família e, muitas vezes, aparecia no meu trabalho na hora do almoço com algum petisco ou apenas ligava “só para dizer que te amo”. Ohh! “Então quer impressionar a Ma ou a mim?” Perguntei a ele um dia em que me trouxe flores. “O que aconteceu com aquela história de ‘Agora você é minha esposa, não preciso te comprar flores’?”

"Esse é o seu problema, Thandi. Analisa demais. Não pode simplesmente dizer 'Obrigada, querido, as flores são lindas'? E, já que a minha assistente não está, não quer se trancar comigo no meu escritório para eu te mostrar o quanto estou grata?" Disse ele, sorrindo esperançoso.

"O quê? E depois vou decepcionar a assistente quando ela voltar e perceber que casados realmente fazem sexo?" Retruquei.

Em casa, estabelecemos uma rotina em que a Ma acordava, dava banho e café da manhã ao Hintsa e o levava para a escolinha, voltando para casa com os jornais. Enquanto a Marita fazia a limpeza, a Ma folheava os jornais em busca das previsões astrológicas do dia, compilava-as junto com os principais assuntos atuais e os mandava para a Marita revisar e enviar por e-mail para a Siz, para o Mandla e para mim antes da hora do almoço.

Como era de se esperar, a Ma conquistou a Marita com suas previsões astrológicas. "De qualquer forma, você nunca devia ter ficado com seu falecido marido. Ele era de leão e você é de câncer, e todo mundo sabe que fogo e água não se misturam. Na próxima vez que estiver interessada em algum rapaz, basta ligar para a Ma, e eu te aviso se vai funcionar ou se está só perdendo tempo", ouvi a Ma dizer para a Marita. E a Marita, prontamente, respondeu: "Ufa, acho que você está certa, Ma. A Lauren disse o mesmo."

A Siz, o Mandla e eu não levávamos o negócio do zodíaco tão a sério como ela e a Lauren, mas começamos a apreciar aquele gesto de carinho e, à mesa, tentávamos nos familiarizar com as previsões do dia para demonstrar nosso afeto. Em casa, o Mandla agora respondia assim quando eu perguntava "Como foi o seu dia?": "Marte estava no meu signo solar, sagitário, o que resultou em um dia produtivo para mim. Atendi um número recorde de pacientes." Não tenho certeza se o Mandla entendia o que o deus romano da guerra ou o planeta mais próximo da Terra tinham a ver com os seus sucessos diários, mas a Ma ficava feliz, e todos nos tornamos um pouco menos egoístas enquanto ela esteve conosco.

A partir do dia da chegada da Ma, passei a fazer uma coisa que os chamados ateus fazem em tempos de desespero: rezar. "Minha Senhora", eu dizia, "Sim, é com você mesma que estou falando, aquela a quem chamam de Deus. Sei o que disse sobre religião e sobre você em várias conversas, mas agora não estou pedindo por mim, estou pedindo por outra pessoa, então, de mulher para mulher, por favor, escute minha oração. Se realmente existe, por favor ajude a Ma. Ajude algum cientista aí a encontrar a cura para essa doença terrível que está levando os nossos jovens no auge da vida e nossos adultos quando deveriam estar aproveitando a aposentadoria. Mais uma vez, desculpa, e por favor, não use minhas palavras e ações contra a Ma, mas ajude-a, se puder. Afinal de contas, as meninas devem ajudar umas às outras, não é, menina Deus?"

Se Deus fosse mulher, tenho certeza de que essa prece a convenceria a ajudar a Ma, mas se a divindade fosse um macho, só me restava cruzar os dedos e torcer para que tivesse bom humor suficiente para não se irritar por eu vê-Lo à minha própria imagem.

Concluí que Deus era uma mulher porque, no espaço de dois meses, a contagem de CD4 da Ma passou de 120 para mais de 500. E como quando uma porta se fecha, Deus abre uma janela, Ela fez mais um grande feito. Sem a sombra da Lizwe e, portanto, sem ciúmes mesquinhos nem a atenção exagerada à "bebê da Ma", a Siz e a mãe ficaram mais próximas do que jamais foram — uma proximidade baseada no respeito mútuo.

Depois dos exames laboratoriais da Ma e de um mês de acompanhamento, ela partiu com o Hintsa para as férias escolares de dezembro. Ficamos tristes ao vê-la partir, o que era irônico, porque alguns meses antes ninguém conseguiria convencer a mim e à Siz de que ficaríamos tristes ao ver a Ma deixar a cidade onde morávamos.

Um dia, a Marita veio falar comigo com aquele olhar característico das empregadas do mundo todo que querem pedir alguma coisa, mas esperam que a gente adivinhe.

"Você fica muito bonita com o cabelo assim, MaHintsa", começou ela. "Tá, tá, já entendi que você quer alguma coisa, então, fala logo o que é", brinquei.

A Marita, muito séria, disse: "uma das minhas antigas amigas da prisão me convidou para passar as festas no Soweto e, como ainda não tirei férias, estava pensando se poderia ir por um mês. Não quero parecer ingrata e, se não quiser que eu vá, eu fico, mas pensei, já que o Hintsa..."

"Para!" Interrompi, vendo que aquilo ia demorar mais do que o necessário, "Sim, você pode ir. Pode ser até amanhã, se quiser, só preciso dar um pulo no banco para te dar um pequeno extra."

Como um reflexo da mentalidade da nossa nação, fiquei surpresa ao ver uma mulher branca, sendo empregada doméstica ou não, querendo passar um mês inteiro de férias no Soweto. Então, comentei: "mas me surpreende você querer ir para o Soweto."

"É que... Quando estávamos presas, a Maria costumava dizer que os negros sabem muito sobre a gente, mas nós realmente não parecemos querer saber nada deles. E nunca poderemos realmente nos reconciliar se não nos encontrarmos no meio do caminho. Resolvi tentar entender mais da vida em um *loxion*."

Minha empregada socióloga estava realmente ultrapassando barreiras, especialmente sendo uma mulher branca na África do Sul. Desejei a ela que tivesse uma experiência esclarecedora.

"Tenho certeza que sim. A Maria disse que posso visitar alguns museus. Tem um novo chamado Museu Alf Kumalo, você já foi? Ela diz que tem mais fotografias do que os outros museus do Soweto, e todas de um só fotógrafo, imagine só."

Eu ri. "Claro que já fui! Trabalho com turismo, lembra? Provavelmente o Alf tem toda essa obra porque ele é fotógrafo desde os anos 50. E o que mais você está planejando com essa sua amiga Maria?"

"Ah, vamos nos divertir também! Ela disse que vai me levar ao Te Rock e, como a Maria gosta de uma cervejinha, provavelmente vamos dar umas voltas pelos bares. A casa é dela, sabe? Os pais deixaram pra ela, então disse que eu posso ficar o tempo que eu quiser." Depois ela fez algo meio desconcertante e inesperado: minha empregada me deu um beijo afetuoso e audível, mostrando sua gratidão.

"Ei, não precisa dessas pieguices. Você vai acabar me fazendo mudar de ideia", disse eu, tentando esconder o quanto gostei do gesto.

A Marita partiu para o Soweto com as chaves do portão e seu cheque do décimo terceiro, e agora éramos só eu e meu marido no quintal.

Sendo a romântica incurável que sou, escondida por trás de uma camada de realismo, mas sempre esperançosa, aproveitei a ausência da empregada para tentar reacender a magia com meu companheiro. O Mandla, por sua vez, aproveitou a oportunidade para se reconectar com velhos amigos de copo e chegava em casa de madrugada, supostamente por ter passado o tempo "bebendo com os rapazes no Soweto". Cadê o romantismo?

"O que você quer dizer com isso de eu não passar tempo com você? Durmo ao seu lado todas as noites e te vejo todos os dias", foi a resposta que obtive quando o questionei sobre seu papel de marido ausente.

Já que meu escritório ficava aberto até o Dia da Reconciliação, aproveitei o tempo para trabalhar mais e até mais tarde — mas se o Mandla notou esse protesto silencioso, nunca mencionou. Por algum motivo desconhecido, não importava o quanto eu chegasse tarde em casa, ele sempre chegava mais tarde. Comecei a jantar diariamente na casa da Lauren e só ia para a minha casa para dormir. Se o Mandla sentia minha falta, nunca demonstrou.

Foi nessa época que um fantasma do passado ressurgiu: o Michael. Durante um dos nossos *brunches*, a Lauren nos contou — a mim e à Siz — como ele tinha mudado. "Depois do divórcio, ele foi morar em uma espécie de pensão no centro da cidade, onde fez amizade com muçulmanos. Converteu-se ao Islã e agora se chama Mohammed. A cada frase que ele diz, tem um '*Insha'Allah*' ou 'Que a paz esteja contigo'!"

Aparentemente, as crianças — com exceção do Júnior — a princípio ficaram felizes em vê-lo, mas isso mudou. "Ele parece estar empenhado em convertê-los, e outro dia me disse que minhas roupas mostram demais o corpo."

Olhei para a Lauren, com seus shorts cáqui e a camisa de manga comprida xadrez, e comecei a rir. Para a Siz e para mim, o irmão Mohammed enviou, via Lauren, bilhetes prolixos, nos quais dizia que se arrependia dos danos causados às nossas propriedades e que tinha encontrado a salvação. Ele sugeria que poderíamos ligar para ele a qualquer hora para um tutorial sobre o sagrado Alcorão, para que também aprendêssemos o caminho da verdade.

"*Eish*, quem me dera que o irmão Mohammed tivesse mandado algum tipo de compensação financeira junto com o pedido de desculpas", disse a Siz. "Eu poderia levar meu afilhado para fazer compras."

Depois que o Michael foi levado embora (parece que ele passou por uma espécie de centro de reabilitação), perguntei à Lauren se ela pensava em voltar para ele. "Então, Lo", provoquei, "tá pensando em se converter, parar de beber e virar a irmã Khadija para o Mohammed Michael?"

A resposta da Lauren foi firme e enfática: "Não, nem fudendo! Mas, sabem de uma coisa? Acho que vou ligar para o Zunaid do yoga. Queria aprender como torcer e dobrar melhor certas partes do corpo — se é que vocês me entendem."

Depois de ter provado o gostinho da independência, a Lauren não estava nem um pouco ansiosa para desistir dela.

"Ainda tem o número desse cara?" A Siz sorriu. "Bom, a boa notícia é que o irmão Mohammed te trouxe religião;

a má notícia é que não temos certeza se ele vai ficar muito feliz com essa sua conversão."

Semanas mais tarde, enquanto estávamos bebendo na casa da Lauren, a terceira filha dela, a Diana, entrou na sala escondendo alguma coisa atrás das costas.

"Oi, princesinha, o que você tem aí?" Tive vontade de cair na gargalhada, mas me contive e mantive uma expressão séria. A filha da Lauren tinha nas mãos um vibrador.

"Onde você encontrou isso?" perguntei.

"O Júnior me mandou procurar uma caneta na gaveta da mamãe e eu encontrei isso aqui. O que é, mamãe?" perguntou a inocente.

A Lauren interveio calmamente: "É uma ferramenta, querida. Viu como vibra e acende a luzinha? Bem, isso é usado quando a gente quer fazer um buraco na parede e precisa ver se o buraco já está fundo o suficiente. Agora, vai guardar no lugar onde você achou, como uma boa menina."

A filha dela não parecia inteiramente convencida pela explicação. Eu só podia desejar que ainda faltasse muito tempo para ela descobrir para que servia aquilo de verdade! Assim que ela saiu, Lauren e eu caímos na gargalhada.

"Que situação, mulher!" exclamei.

"Normalmente eu guardo numa bolsa em cima do armário, mas o Zunaid esteve aqui ontem à noite e, depois de uma sessão de yoga particularmente longa, eu não tive forças para guardar", ela me disse, completamente séria.

"Você? O Zunaid? Desde quando? E as crianças?" comecei a bombardeá-la com perguntas.

"Eu liguei para ele e... bem, ele se ofereceu para me dar algumas aulas particulares de yoga. Aposto que você não sabia que eu consigo fazer isso", disse ela, ajoelhando-se e se curvando para trás até a cabeça tocar o chão. "E, de qualquer forma, eu sou adulta e tenho as minhas necessidades. E as crianças também gostam do Zunaid porque ele ensina a elas alguns truques legais de yoga."

O que mais eu poderia dizer além de: "Caramba!" Enquanto eu, a casada, ficava me perguntando "quando será a próxima vez" com o meu homem, o time Lauren estava só marcando gols.

Dois dias antes do Dia da Reconciliação,[9] quando eu estava no escritório, recebi uma ligação da Lizwe. Do outro lado, ouvi a voz dela enfraquecida: "É o Pa. Ele faleceu há cerca de uma hora, Thandi".

"A Siz já sabe? Quer que eu conte a ela?" Não havia tempo para ser egoísta e ficar pensando que, ultimamente, eu parecia sempre ser a portadora de más notícias.

"Quero sim, obrigada. Quando vocês conseguem chegar aqui?" perguntou.

"Está tudo uma bagunça. A Ma e eu estamos correndo de um lado para o outro, mas o apoio de vocês ajudaria muito."

"Não se preocupe demais", respondi. "Vou conversar com a Siz e podemos arranjar um voo ainda hoje." E já estava procurando meu cartão de crédito.

Liguei para o meu chefe em Pretoria, dizendo que precisava tirar alguns dias de folga de emergência. "Meu avô faleceu", menti. Não achei que Deus ou meus ancestrais me castigariam por isso, já que eu nem sequer conheci nenhum dos meus avôs. Além disso, eles eram brancos, e nem sei se brancos têm ancestrais.

Combinamos que o Vuyo e o Mandla fariam as malas e iriam nos encontrar dois dias depois. Sabíamos bem que nós, mulheres, teríamos muito trabalho pela frente, acolhendo os enlutados e organizando a casa. A única coisa que se esperava dos homens era que participassem dos rituais e, quando chegasse a hora, matassem os animais. Isso só seria feito um ou dois dias antes do funeral, então não havia pressa para eles.

A Lauren ligou para a MaRosie, que estava de férias de Natal (sim, a Lauren havia se tornado o tipo de patroa que os sindicatos premiariam), para ver se ela poderia voltar e cuidar das crianças enquanto a Lauren ia ao funeral. A MaRosie, sempre gentil, se mostrou feliz em ajudar.

Voamos todas para East London, onde fomos recebidas pela Liz na pista que eles chamam de aeroporto naquela cidade. A caminho de Mdantsane, tomei mentalmente nota do legado do apartheid, ao observar as ruas bem conservadas dos bairros ricos em contraste com as estradas de terra das ruas secundárias nos bairros periféricos.

"Ma, a senhora não deveria estar deitada?" perguntei, vendo-a andar de um lado para o outro dando ordens, em vez de estar repousando, como uma viúva desolada, conforme nossa cultura dita.

"Minha filha, eu, deitada? Por favor. Eu morreria de tédio, e, além disso, quero garantir que aquelas mulheres de Zwelitsha, que dizem estar aqui para ajudar, não saiam com arroz nas bolsas delas."

Quando a Lauren chegou, todos se divertiram muito a cada vez que ela tentava falar isiXhosa, e os mais velhos a admiraram por oferecer um pano africano e se ajoelhar para servi-los — muitas vezes da forma cultural correta. Ter amigas negras certamente estava dando resultados.

"Por que estão dando parabéns a ela?" repreendeu a Ma. "Não sabem que eu eduquei bem todas as minhas filhas, incluindo a branca? Ninguém que frequenta a escola da MaNdlovu é reprovado." Num momento de descontração, alguns tios, ao ouvirem dizer que Lauren estava divorciada e tinha quatro filhos, começaram a brincar, pedindo sua mão em casamento, já que ela sabia *hlonipha* e era fértil. No final do funeral, todo mundo já se referia a Lauren como MaDlamini, porque algum parente cujo sobrenome era Dlamini a adotou informalmente como filha.

Meu pai também viajou para lá no dia do funeral. Notei que ele passou horas rindo e cochichando com o Vuyo, mas ficava calado sempre que o Mandla aparecia. Chamei sua atenção: "Pai, o que você acha que está fazendo?"

"O que está dizendo, filha? É assim que você fala com o seu pai?" perguntou-me.

"Estou vendo que você ignora o Mandla sempre que ele se aproxima. Pai, ele é meu marido e é da nossa família. Para com isso!"

Meu pai sorriu sem humor. "Sim, filha. Ele é seu marido, lá isso é. E também é metido a besta. Estou aqui conversando com o Vuyo e ele vem e começa cada frase com 'Quando eu estava na América'. Que saco!" Dei um beijo no meu pai. "Se comporte, tá? Estamos em um funeral."

Se é que se pode dizer que um funeral teve sucesso, o do Pa foi exatamente isso: um sucesso. Um funeral xhosa com muita carne; a Ma comprou duas vacas para a ocasião. Além disso, houve uma doação de ovelhas e cabras do partido governista para homenagear o camarada falecido. No próprio dia do funeral, muitas pessoas o reverenciaram, incluindo o Primeiro-Ministro, alguns membros do governo e alguns parlamentares. Foi uma despedida adequada para aquele homem de ideais políticos elevados; um homem que muitos amaram e respeitaram, mas que, no final, ninguém pôde salvar. "A vida é assim", ouvimos a Ma dizer mais tarde. Afinal, sejam quais forem os ideais de uma pessoa, todos somos falíveis. "Tudo tem que voltar ao pó."

No funeral, a única pedra no sapato foi a aparição da Pertunia. Ela (por coincidência?) apareceu horas depois da chegada do Vuyo e do Mandla, com seus três filhos e sua gravidez. A Ma, não querendo desonrar o falecido (pelo menos foi o que ela disse), foi até a casa da mãe da Pertunia e pediu: "*MaPertunia, ndiyacela uchel'i umntwana lo*, por favor, não causem problemas no funeral do meu marido. O Vuyo e a Nosizwe estarão lá, podemos conversar sobre tudo isso depois do funeral, certo?"

Assim, um tribunal de família foi convocado um dia após o enterro para discutir o problema da gravidez da Pertunia com o marido de Nosizwe. O Vuyo pediu ao meu pai que estivesse presente como figura paterna. Lauren e eu ficamos para trás após o funeral, para podermos apoiar a Siz, fosse para dar força ou para encarar as dificuldades juntos. Foi um espetáculo de mulheres, já que a família paterna da Siz — tirando o tio que recebeu o dote — não se dava bem com a mãe dela, e a mãe da Pertunia não era casada. Os únicos homens presentes eram o irmão da Pertunia, o tio da Nosizwe, meu pai e o Vuyo. Lauren, Lizwe e eu servíamos o chá e tentávamos entrar na sala com qualquer desculpa, só para ver o que estava acontecendo.

Depois de um desses momentos, saí e segredei para as outras duas:

"*Eish!* O clima lá dentro tá tenso. A Siz parece prestes a dar uns chutes na bunda da Pertunia..."

Depois de um tempo, a Ma, sempre atenta, resolveu expor nossas tolas tentativas. Disse à Lizwe, que supostamente havia entrado para buscar mais chá: "Ei, *uzaziyenzi ucleva*h, você e essas duas, entrando e saindo. Acham que sou burra e não percebo que vocês, *mamGobozis*, estão tentando escutar o que se passa? Não podem esperar a Siz contar a história para vocês?"

"Desculpa, *mawee*", respondeu Lizwe, arrependida. Lauren e eu, envergonhadas, nos afastamos devagarinho da janela onde estávamos encostadas. "Sim, é isso mesmo", ainda ouvimos a Ma dizer enquanto nos afastávamos sorrateiramente, "e se eu tornar a ver alguma de vocês aqui, não quero saber quantos anos têm nem quantos filhos já tiveram, vou falar com vocês como as adolescentes que parecem ser."

Três horas depois da bronca da Ma, o grupo finalmente saiu da sessão a portas fechadas. Como tínhamos que servir um almoço tardio, esperamos mais uma hora e meia até que a Siz viesse nos contar os resultados da discussão. Ficávamos em torno dela como abelhas em volta do mel.

"Então, o que aconteceu?", perguntou Lauren. A Siz estava com uma expressão que mostrava satisfação com o desfecho. E nossa suposição não estava tão errada.

"Vocês sabem, e eu sei, que o Vuyo nunca abandonaria seus filhos *noma kanjani*, então, em vez de me preocupar com o que poderia acontecer cada vez que ele viesse aqui visitar o bebê, sugeri que eu poderia adotar a criança e criá-la como minha, já que eu não posso ter filhos."

Lauren, Lizwe e eu trocamos olhares boquiabertas. Espera aí! Não foi ela quem só aceitou os outros dois filhos do Vuyo porque tinha medo de que ele fosse visitar as ex-esposas com o pretexto de ver as crianças?

Foi Lizwe quem verbalizou o que todas estávamos pensando. "Desculpa, minha querida irmã, mas você nem sequer gosta das outras crianças que o Vuyo já tem."

Então, ouvimos a história pela perspectiva da Siz. Torcendo as mãos e parecendo uma criança insegura, ela disse: "O que acontece é que... Às vezes penso que talvez o Vuyo tenha se envolvido com a Pertunia porque ela era mais maternal com os filhos dele, enquanto eu me limitava a ignorá-los. Preciso mostrar a ele que não sou apenas uma menina rica, egoísta e mimada. Que sou capaz de amar os filhos dele de forma abnegada..." Depois, com um sorriso astuto, completou: "E, claro, o bônus é que a vadia da Pertunia vai ficar sem a criança que fez quando me traiu, mas isso eu não mencionei lá dentro. O que eu disse foi que a criança ficaria melhor com a gente, já que a Pertunia não tem renda."

E a Pertunia aceitou?

"Evidentemente."

A Siz prosseguiu explicando que o único ponto delicado foi a Pertunia querer ficar com a criança até ela completar um ano, o que a Siz recusou terminantemente. O acordo final acabou sendo mais favorável à Siz do que à Pertunia. Ficou decidido que a Siz levaria o bebê assim que ele nascesse, mas poderia trazê-lo para visitar a mãe biológica pelo menos uma vez por ano. Assim, a criança conheceria a mãe de sangue. *Tsho.* Parece que os ricos sempre vencem os pobres.

A Siz estava convencida de que amaria a criança como se fosse dela e, sendo a pessoa generosa que é, e sem uma mãe solteira chata ligando o tempo todo, talvez agora a situação funcionasse a seu favor. Contudo, as linhas de batalha entre ela e a Pertunia já estavam traçadas. No fundo, Siz decidiu que a melhor vingança seria fazer com que a criança da Pertunia viesse a amar mais a mãe adotiva do que a mãe biológica.

Depois do funeral, Mandla e eu aproveitamos umas curtas férias no Cabo Oriental, tentando recuperar a magia que parecia ter se perdido em Joanesburgo por causa de toda a agitação nas nossas vidas. No fim das férias, fomos à fazenda da Ma buscar Hintsa, que iria começar a primeira série, e voltamos para Joanesburgo. Quando chegamos, vimos que Marita já tinha voltado. Ela tinha um brilho diferente no rosto, então eu não resisti e perguntei:

"Encontrou alguém no Soweto? Está com uma cara tão feliz."

Ela sorriu, antes de responder, meio envergonhada: "Não encontrei ninguém, me reconciliei com uma pessoa."

Olhei para ela e assumi meu tom de amiga confidente: "Não sabia que você conhecia gente no Soweto. Então, quem é ele? Onde vocês se encontraram?"

Dessa vez, a resposta veio em um tom mais desafiador: "Não é 'ele'. É 'ela'."

Oh-oh! Eu não fazia ideia de que ela gostava de mulheres, mas tratei de lidar com a surpresa de maneira calma e perguntei como elas tinham se conhecido.

"A Maria e eu ficamos juntas numa cela. Fomos parceiras na prisão. Saí antes dela e, quando ela saiu, não sabia onde me procurar. Um dia, quando eu estava no centro da cidade, nos esbarramos por acaso e começamos a trocar mensagens. Passei as festas com ela porque as duas queriam ver se ainda dava certo. Aqui fora, quero dizer. Ela é maravilhosa, MaHintsa! Mas agora o problema é que não sei como contar para a MaRosie. Ela é minha melhor amiga e não quero que ela pare de falar comigo. Sabe, ela é cristã."

Ah! Minha empregada estava enfrentando o dilema eterno de uma pessoa LGBT: contar ou não contar. Disse a ela que tinha certeza de que a MaRosie, no começo, ficaria surpresa, mas não deixaria de ser sua amiga.

"Tem muita gente gay em Alex, e sei que ela conhece alguns. Além disso, Jesus ama todas as pessoas, então ela não pode se considerar uma cristã se não aceitar que você ame quem você quiser."

Eu, por mim, fiquei feliz por ela ter encontrado o amor. Ela irradiava felicidade.

Mandla voltou ao trabalho e, novamente, passou a estar ausente de casa. Dessa vez, a desculpa era que ele e os colegas estavam ocupados planejando o orçamento médico, incluindo compras e consertos de equipamentos e, claro, aquisições de medicamentos.

Esses eram os preparativos normais de começo de ano, mas, por algum motivo, ele parecia ainda mais ausente. Quando perguntei o porquê, ele foi para a defensiva, dizendo que, já que eu esperava que ele pagasse uma parte significativa das contas, eu não deveria reclamar do tanto que ele trabalhava. Fui pega de surpresa porque eu realmente sentia falta dele, mas decidi ver o lado positivo: sua ausência significava que eu não precisaria lidar com as bebedeiras e orgias de churrasco com aqueles amigos dele, que esperavam que eu servisse pratos cheios de *funje* e molho para o *braai* feito com carne roubada da minha geladeira.

Lauren, que — assim como metade de Joanesburgo — costuma passar as festas em Durban com as crianças, também estava de volta, organizando o calendário de aulas para a semana de formatura da Universidade. Por cima do muro, ela me contou como foram as férias. Acontece que Zunaid também estava em Durban, visitando a família.

"Como sou uma dama, não sou de beijar e contar, mas posso te dizer que algumas coisas que aconteceram teriam feito até a Rainha Elizabeth corar."

Ri, mas senti mais do que um pouco de inveja. Meu marido trabalhava sempre até tarde, se queixava de estar cansado e não transava comigo desde que voltamos das férias. "Então é sério?" Lauren riu, com os olhos brilhando, pegou o telefone e me disse que ia mandar uma mensagem picante para o Zunaid, porque estava pensando nele. Ele ligou para ela imediatamente para fazer planos para aquela noite.

Com MaRosie agora saindo do trabalho às cinco em ponto, fiquei me perguntando quem iria cuidar dos meninos. Não precisei pensar muito. "Pode ficar com as crianças?" perguntou ela, como última alternativa.

Sentindo-me uma velha tia solteirona, a mulher casada que sou respondeu: "Claro! Por que você não traz eles para dormir aqui em casa? Posso montar a tenda e os sacos de dormir, e eles podem acampar no jardim."

Isso agradou a Lauren. "Querida, te amo! Você é a melhor amiga do mundo."

Assim como eu, Siz teve umas semanas de folga antes da reabertura oficial dos escritórios e passou esse tempo brincando de "mamãe esperando seu bebê". Ainda faltavam uns bons quatro meses para o bebê chegar, mas Siz já estava enlouquecida com os preparativos. É impressionante como a ideia da maternidade transforma uma mulher, mesmo que ela não dê à luz fisicamente. Ela me pediu para ir com ela às compras e passamos dias colando papel de parede no quarto que ela resolveu converter em um berçário para seu bebê não biológico. Siz passava horas no shopping comprando roupas de bebê e depois trazia as compras para que Lauren e eu aprovássemos.

"Será que não devíamos dizer a ela que a criança provavelmente não vai caber nessas roupas por muito tempo?" perguntei à Lauren.

"Devíamos dizer a ela para relaxar, já que ainda faltam alguns meses, mas não adianta. Eu tentei, e ela disse que eu estava era com inveja do relacionamento dela e da criança que está por vir", respondeu Lauren. Eu deixei passar.

Siz já fazia planos para excursões de compras em Nova York, para seguir os estilistas e comprar um guarda-roupa completo da Carters para o bebê. Ela parecia tão feliz e apaixonada que eu não quis interferir. Será que ela voltaria a ser a louca que conhecíamos e amávamos? Os novos pais que reclamavam de serem ignorados provavelmente se sentiam como eu me sentia agora. Além do novo bebê da Siz, Lauren estava fazendo sexo e eu não. Que merda.

Lauren me lembrou que, depois de algumas semanas trocando fraldas, colocando o bebê para arrotar e noites sem dormir, Siz voltaria ao normal e trataria a criança como o estorvo que todos os bebês são. Vuyo estava apenas aliviado pelo fato de a esposa ser tão compreensiva em relação ao seu erro e aceitava todos os planos dela para o bebê. Entretanto, a chegada de um bebê afirmava a necessidade de uma empregada doméstica na casa da Siz, mas nossa amiga não iria cometer o mesmo erro duas vezes. Ela perguntou a Lauren se a irmã de MaRosie poderia cuidar do bebê. Lauren deu um tapa na testa por não ter pensado nisso antes e disse que, com certeza, pediria a MaRosie que perguntasse à irmã, MaNeo. "Com a experiência que MaNeo teve com todos os netos bastardos, será muito fácil para ela." Depois, com uma firme ironia, Lauren acrescentou: "E como ela continua morando em Alex", piscando para mim, "não precisa se preocupar que ela vá ser a Camila da sua Diana, né, Siz?" Siz já tinha perdoado o Vuyo o suficiente para conseguir rir disso, e eu tive que me juntar a ela. Só a Lauren para encontrar uma situação na Família Real equivalente à saga Vuyo-Pertunia.

Enquanto esperava para voltar ao trabalho, eu andava por aí fazendo compras para o futuro aluno do primeiro ano, que estava em um frenesi para ir à "escola dos meninos grandes". "Mamãe, depois que eu terminar o primeiro ano, quanto tempo vai demorar para eu ser presidente?" Aqui estou eu, curtindo as férias e nada ansiosa para voltar ao escritório, e esse garotinho já está pensando no futuro emprego?

"Não vai demorar muito, querido. É só terminar o ensino fundamental, depois o ensino médio, fazer alguns cursos na faculdade, trabalhar alguns anos e aí você já pode tentar ser presidente. A menos que esteja falando de ser representante de turma — isso você pode conseguir bem mais rápido", brinquei, afagando o queixo dele.

Duas semanas depois de voltarmos, Lauren e eu decidimos organizar o chá de bebê da Siz na minha casa. Ainda faltavam mais de três meses para a chegada do bebê, mas Lauren e eu só precisávamos de um pretexto para uma festa. Mandla, Hintsa e os filhos de Lauren foram para a casa da Siz ajudar a decorar o quarto do bebê — ou seja, os garotos recebiam ordens para fazer o trabalho e Mandla e Vuyo ficavam "supervisionando" enquanto tomavam algumas cervejas.

Para evitar ter que explicar as várias questões relacionadas ao bebê, organizamos uma festa bem restrita e íntima. Lizwe veio para a festa e trouxemos nossas outras melhores amigas — nossas empregadas, que felizmente eram pessoas tão animadas quanto nós para festas. (À exceção, claro, da religiosa MaRosie — que continuava fiel ao seu suco de laranja; mas sua irmã, a rainha dos bares, poderia beber até Mandla e todos os amigos dele rolarem para debaixo da mesa.) Marita, com uma voz hesitante de quem não tem certeza do que os outros vão achar, perguntou se poderia convidar sua namorada Maria, porque queria apresentá-la à sua melhor amiga MaRosie. Eu não sabia como MaRosie reagiria, mas disse que sim. Na verdade, eu também queria conhecer a mulher que deixava minha Marita tão feliz.

No dia da festa, a namorada da Marita chegou cedo para ajudar na cozinha. Eu não sabia o que esperava, mas certamente não era aquilo. Maria era esbelta, negra, linda e muito feminina, e dirigia um carro! Uau! Marita tinha me contado que ela era instruída e que tinha um bom emprego antes de ser presa, mas por algum motivo eu estava esperando uma garota do tipo "acabou de sair do interior". Jamais uma mulher cheia de classe.

Marita veio até a sala de estar onde estávamos todas e disse, meio envergonhada: "Olha, pessoal. Essa é a minha parceira, Maria", e passou a apresentá-la para cada uma de nós. Quando foi apresentada, MaRosie segurou o copo de suco de laranja com um pouco mais de força do que o necessário. Lizwe, sempre diplomática, lhe deu um sorriso caloroso. Lauren, para quem eu não tinha contado nada, ficou com o queixo tão caído que quase tocava o chão. MaNeo, irmã de MaRosie, que tinha aceitado o emprego na casa de Siz e veio para uma visita introdutória, não parecia se importar, desde que seu copo estivesse suficientemente cheio de gim com suco. E Siz, que sempre tinha algum comentário sagaz a fazer sobre minha empregada, sussurrou para mim algo que muitas naquela sala deviam estar pensando: "Por que você não me disse que sua empregada era uma dessas?"

Claro que eu só perguntei o que ela teria a ver com isso.

Maria foi bastante prestativa e, passado o choque inicial das convidadas, arregaçou as mangas e nos ajudou a preparar tudo. Fez as saladas e se ofereceu para preparar a mistura "adivinhe qual é o presente" para a futura mãe. A seu favor, o sabor era horrível. Tinha um pouco daquelas papinhas de frutas para bebê que, quando qualquer mãe prova, jura que nunca vai dar para o filho, misturada com cereais infantis e um pouco de suco de tomate. Que nojo! Eu realmente acredito que as grávidas têm sempre azia porque já estão antecipando a mistura nojenta que talvez tenham que provar no chá de bebê, caso não consigam adivinhar corretamente quais presentes estão nas sacolas. Felizmente, Siz não estava realmente grávida, mas mesmo assim engasgou quando lhe deram uma colherada, depois de não conseguir adivinhar que o presente de Lauren era um monitor de bebê.

Como de costume, quando a presenteada adivinha corretamente, quem deu o presente é quem tem que consumir a mistura nojenta, e eu fui a próxima a engasgar, depois que Siz acertou que o meu presente era uma cadeirinha de bebê para o carro.

Depois de alguns copos, Siz se virou para Maria e perguntou: "O que uma mulher linda como você está fazendo como lésbica?"

Eu fiquei muito desconcertada — como qualquer hétero politicamente correta que gostaria de saber, mas nunca perguntaria. Mais ou menos como uma pessoa branca que se considera liberal perguntando a uma moça negra da cidade como se faz uma dança tribal, porque acredita que todas as pessoas negras são tribais. Tenho certeza de que Maria já tinha ouvido aquele tipo de pergunta ignorante antes, porque respondeu: "Acho que sempre soube que homens não me atraíam. Claro que eu gostava de andar com eles e até experimentei sexo, mas nunca senti nada, só me sentia suja depois."

Então Siz, a inquisidora, se voltou para Marita, lembrando que ela já tinha sido casada.

A Marita riu: "Ah! Tia Siz, se você tivesse sido casada com o homem com quem eu casei, nunca mais ia querer saber de homem!" Depois olhou carinhosamente para Maria: "Ninguém nunca me fez tão feliz quanto a Maria faz", e eu e a Lauren, eternas românticas, fizemos um sonoro "Awwwwwn."

Lizwe, que também já estava meio bêbada, disse: "Siz, seu problema é que você não é aventureira. Eu tive uma experiência lésbica quando estava na faculdade." Siz ficou sem palavras, e eu devia estar com uma expressão de pura surpresa quando perguntei: "O quê? Como assim eu nunca ouvi essa história, se conheço todos os seus segredinhos da faculdade?"

"Tá vendo? Você não sabe de tudo..." Lizwe sorriu com uma cara travessa. Parece que um dia ela foi a um clube de *striptease* para apoiar uma amiga que era dançarina. Depois de muitos *shots*, foram para a casa dessa amiga *stripper* e as coisas simplesmente aconteceram. No entanto, ao ver a expressão no rosto da irmã, Lizwe se apressou em esclarecer que não houve repetição dessa experiência lésbica da parte dela.

Finalmente, Siz recuperou a voz. "Oh, meu Deus. Você é mesmo uma selvagem! Não é à toa que ficou tantos anos na faculdade. Devia estar ocupada demais com certas 'experiências', né, maninha?"

Para não ficar atrás, a recém-liberta Lauren teve que dar sua contribuição. "Bem, outro dia o Zunaid, enquanto fazíamos umas posições do *Kama Sutra*, me disse que todo mundo tem um lado bissexual."

MaRosie, que parecia bastante desconfortável com toda a história lésbica da Lizwe e, depois de confirmar o significado de bissexual, disse: "*Hayi, nix,* isso não pode ser verdade. Eu... eu não gostaria de tocar em um corpo igual ao meu. Como podem ter filhos? A Bíblia diz que devemos casar e nos multiplicar."

Não sei se toda aquela conversa sobre sexo deixou Marita e Maria excitadas e desconfortáveis ou se o álcool eliminou qualquer inibição restante, mas as duas estavam, naquele exato momento, muito ocupadas em uma demonstração pública de afeto. O jogo de línguas que se seguiu entre elas faria Madonna e Britney corarem...

Quanto mais MaRosie. Ela se levantou com a desculpa de ver como as crianças estavam e saiu correndo da sala. Parecia realmente que as duas namoradas tinham se esquecido de que havia mais alguém ali; nem sequer paravam para respirar. Por fim, Maria e Marita foram separadas pelo silêncio e pelo som de Lizwe limpando a garganta.

"Ah, perdão", balbuciou Marita, lançando um olhar bêbado e nem um pouco envergonhado para a sala. "Vamos para o anexo, vem, amor." Dizer que ficamos sem fala com aquela cena de sem-vergonhice da Marita na sala de estar seria um eufemismo. Apenas nos entreolhamos e começamos a rir.

MaNeo salvou a festa. Com calma, como se aquilo acontecesse todo dia na casa dela, retomou a conversa de onde tinha parado, falando alto: "Se for menino, você tem que sempre lembrar de baixar o piruzinho dele quando trocar a fralda, senão ele faz xixi na sua cara."

Infelizmente, sob a influência do álcool, eu não consegui pensar em nenhum episódio interessante para acrescentar sobre bebês. O único conselho que consegui dar foi sobre a sabedoria das fraldas descartáveis. "Ah, você está é por fora, MaHintsa. Você sabe muito bem que uma criança não pode usar só essas fraldas que fazem suar. Elas precisam de roupas confortáveis!" disse MaNeo.

Não ia discutir com uma veterana em cuidar de crianças, então fiz o que era sensato e calei a boca. A iminente maternidade de Siz me fez ter ideias de dar um irmãozinho para Hintsa. Afinal de contas, eu não queria que ele fosse mimado e gostaria de ter uma mini-eu. Depois me lembrei do ganho de peso, das noites sem dormir, das preocupações exageradas com pequenas doenças... Prometi a mim mesma que, se algum dia sentisse vontade de ser mãe de novo, iria adotar. Olha só pra mim, seis anos depois, ainda lutando contra estrias. Além disso, o mundo já não está superlotado? O melhor era me preocupar com as crianças que já estão aqui...

Adormeci no chão da sala de estar, com uma taça meio cheia de Chardonnay. O que eu lembro é que, quando acordei, as senhoras e as empregadas — exceto Marita e Maria — estavam espalhadas pelo chão e, naquela manhã, nossas diferenças sociais e financeiras foram esquecidas. Éramos apenas mulheres.

Serei eu sua namorada?

Uma Marita bem mais sóbria passou a semana seguinte ao chá de bebê fugindo de mim, profundamente envergonhada. Resolvi ajudá-la a sair daquele constrangimento. Um dia, depois do trabalho, fui até o quarto dela.

"E aí, dona Marita. Está me evitando? Faz tempo que não te vejo por aqui..."

Ela arrastou os pés no chão e começou a bater na camiseta para tirar uma poeira que nem existia. "Estou tão arrependida do que aconteceu no chá de bebê. Sério, muito arrependida. Eu nunca bebo vinho e não consigo lembrar de nada... Acho que perdi a cabeça. Desculpa!"

"Não tem do que se desculpar", respondi ironicamente. "A verdade é que eu também mal lembro do que aconteceu comigo. Então, o que vocês estão planejando para o Dia dos Namorados?" Achei que essa mudança de assunto mostraria que eu não guardava ressentimentos — além de ser um tema que me interessava, mesmo que eu não estivesse planejando nada.

"A Maria disse que, como esse é o nosso primeiro Dia dos Namorados juntas, fora da prisão, ela quer que seja especial. Falou que vai me fazer uma surpresa", respondeu Marita, corando. Que fofo! Eu nem lembrava da última vez que Mandla me fez corar assim.

O Mandla vinha se afastando nos últimos meses. Tudo bem, ele nunca foi o tipo mais romântico do mundo, mas eu queria de volta o homem que esteve comigo em East

London, o mesmo que me levava o almoço no trabalho quando a Ma estava por aqui. Agora, o que eu tinha era apenas um marido que mal via e que, quando via, dizia estar "de saída para o consultório".

O melhor era focar nos assuntos que estavam ao meu redor. "Esqueci de perguntar, o que a Maria faz?"

"Ah, ela é realmente uma pessoa maravilhosa", Marita se derreteu. "É ativista e trabalha com garotas que foram estupradas."

Uau! Fiquei impressionada. Bonita e com um propósito. "Então, por que ela foi presa?"

Marita começou a rir. "Que foi? Falei alguma besteira?"

"Na verdade, não tem graça nenhuma. É... Bom, é triste e engraçado ao mesmo tempo. A Maria foi estuprada. Ela disse pra um cara que estava dando em cima dela que era lésbica, e ele ficou com raiva e a atacou. Foi horrível. Ela prestou queixa, mas a polícia sempre dizia que tinha coisas mais importantes pra fazer. Ela sabia quem era o cara, então não sei por que não prenderam ele logo de uma vez — talvez porque ela contou pra polícia que era lésbica. Seja como for, ela decidiu que ia dar uma lição pessoalmente no sujeito. Sim, chamou ele pra beber com alguns amigos do Soweto. Quando ele já estava bem bêbado, amarraram o cara e bateram muito nele. Ela diz que ele gritava igual um doido, implorando por misericórdia. Mas depois foi lá e denunciou todos eles, e ela acabou presa por agressão."

Coitada da Maria, pensei. Não há justiça pra ela, mas há justiça pro estuprador; nosso país realmente precisa rever as leis a favor das mulheres. Marita balançava a cabeça, indignada com a injustiça de toda aquela situação. "Imagina só. Ele a estuprou, e a polícia não fez nada porque ela gosta de mulheres, mas a prendeu porque ela bateu nele. Por que eles não começaram a rir e dizer 'que tipo de homem é você que leva uma surra de mulher?' Caramba! É tão injusto."

Enquanto isso, em casa, meu marido continuava trabalhando até tarde e nos fins de semana. Esperei que o Dia dos Namorados pudesse recuperar a magia do nosso amor, então, quando o dia começou a se aproximar, tentei sondá-lo. "O que acha de eu ligar pra sua mãe e ver se ela pode cuidar do Hintsa na terça-feira? Aí a gente pode jantar fora, ver um filme e depois... bem, quem sabe o que mais acontece?" sugeri, piscando para ele de um jeito provocante. Esforço perdido, na verdade, já que ele estava olhando para o jornal.

"Humm. A gente fala disso depois, meu amor."

Ok, então.

Mais tarde, na cama, quando voltei a tocar no assunto, ele se mostrou irritado.

"Olha aqui, Thandi" (Thandi? Só Thandi? E o 'meu amor', cadê que foi parar?) "Eu estou muito ocupado no consultório agora e seria bom se você me desse um pouco de apoio ao invés dessas besteiras de mulher apegada e carente. Temos contas pra pagar, e eu tenho que trabalhar pra conseguir isso."

Entendi que provavelmente tinha perdido a batalha do Dia dos Namorados, mas não queria desistir. "Meu amor, sinto falta de passar um tempo com você. Faz tempo que a gente não faz 'aquilo'. Quando você não tá trabalhando, tá sempre com o Chukwu lá no Soweto, e eu agora pareço só a mãe do seu filho, não mais a mulher que você ama. E além do mais, terça é Dia dos Namorados", choraminguei.

"Olha, não sei aonde você quer chegar com isso, mas a gente nunca comemorou o Dia dos Namorados e não vai ser agora, depois de sete anos, que vou começar. E eu não faço a menor ideia do que você tá falando quando diz que não passamos tempo juntos. Sabe o que eu acho? Acho que você tem conversado demais com a Siz. Já devia saber que eu não sou nenhum Morris Chestnut, então esquece essa porcaria de Dia dos Namorados. Agora eu vou dormir, amanhã tenho trabalho." E com um beijo simbólico na minha bochecha, depois daquele discurso longo, Mandla me deu as costas.

"Dane-se", pensei, enquanto também virava de costas para ele. Tentei dormir, mas não consegui. Pensei em fazer o velho truque manipulador de chorar, mas decidi não usar. Mandla detestava lágrimas e começaria a tentar me acalmar, então achei melhor guardar esse truque para outra hora. Mas isso não me impediu de pensar que talvez fosse melhor se meu marido fosse o Morris Chestnut!

Quando o Dia dos Namorados chegou, eu ainda estava emburrada, mas, se Mandla notou, ele não deixou transparecer e se despediu como se tudo fosse um mar de rosas. "Filho da mãe", murmurei quando ele me deu um beijo de despedida. "O que foi, meu amor?", perguntou.

"Eu disse 'filho da mãe' porque hoje é Dia dos Namorados e eu estou me sentindo um pouco triste e desprezada." Nunca é tarde demais. Mas Mandla reagiu rindo. "Para com isso, meu amor. Estou pouco me lixando pra esse negócio de Dia dos Namorados e não vou sair por aí fazendo compras por uma coisa em que não acredito."

Bom, obviamente ele não ia mudar de ideia, então decidi que, se alguém me perguntasse quais eram os meus planos, eu me juntaria ao velho e cansado coro de que o Dia dos Namorados é uma "conspiração capitalista para tirar dinheiro da classe média". Isso não me impediu de me sentir incomodada quando, indo e voltando do trabalho, vi outras mulheres com braços cheios de rosas, olhando para seus parceiros com ternura. Ahhh. Naquela noite, eu ia assistir a um filme com temática feminina. *O Diário de Bridget Jones* ou *Mulheres Apaixonada*s — e não faria o jantar quando chegasse em casa. Tomada essa decisão e me sentindo um pouco melhor, saí pela porta e com quem eu me deparei? A Maria, namorada da Marita, segurando um buquê de flores digno da Rainha da Inglaterra. Talvez aquela garota lésbica do Soweto pudesse ensinar uma ou duas coisas ao meu Mandla sobre como tratar uma mulher. "Ei, feliz Dia dos Namorados", forcei um sorriso.

"Feliz Dia dos Namorados para você também. Tem planos para hoje à noite?" Pensei em tentar chocá-la dizendo: "Vou buscar uma pizza e dividir com meu filho, depois, sozinha, vou ver filmes de mulherzinha enquanto devoro um pote de sorvete, porque sei que meu marido não se importa o suficiente para chegar cedo em casa. Depois, talvez eu me masturbe até pegar no sono." Mas decidi não fazer isso, percebendo que provavelmente pouca coisa poderia chocar a Maria. "Meu marido diz que é surpresa", menti. Por que será que as mulheres sempre defendem os homens que amam na frente das outras? "E vocês, o que planejaram?"

"Depois do trabalho, vou levar a Marita ao Market Theatre para ver uma peça. Depois, vamos jantar e ver onde a noite nos leva." Uau. A minha empregada é convidada para sair e eu, a patroa, estou aqui sem nada para fazer. Considerando que a Marita não gasta mais o dinheiro dela saindo com a MaRosie, não tem filhos para sustentar e é mimada pela namorada, fiquei me perguntando se eu não estaria pagando demais para ela. "Você parece uma bruaca invejosa", disse para mim mesma. "Se controla, Thandi."

Meu coração levou outra punhalada quando cheguei ao escritório. Aparentemente, minha assistente pessoal, solteira e um verdadeiro mulherão, tinha enfeitiçado todos os rolos dela para lhe mandarem flores, e a mesa dela parecia uma floricultura. Vendo aquilo, quase dei meia-volta para ir comprar flores para mim mesma e fingir que o Mandla tinha me mandado algo, mas, infelizmente, ela já tinha me visto de mãos vazias. Desejou-me um feliz Dia dos Namorados com uma voz presunçosa e vagamente condescendente que eu imagino que as solteiras felizes usam sempre com as velhas casadas.

"Sim, sim, querida, não entulhe o escritório com coisas pessoais. Um buquê na mesa está bom, mas mais do que isso fica deselegante. E agora, podemos voltar ao trabalho e continuar gerenciando o turismo de Gauteng? Preciso de você no meu escritório para tomar notas."

Sou uma *bitch*, pensei, ao vê-la arrumar as flores atrás da mesa. Mas, de vez em quando, também tenho o direito de ser uma vadia, não? Mesmo assim, pedi desculpa pelo tom da voz, mentindo que tinha tido uma manhã agitada com o Hintsa e, quando veio tomar notas das prioridades do dia, fofocamos sobre o bando de admiradores dela.

Como se não bastasse, antes de eu sair do escritório, a Lauren me ligou dizendo que iria jantar com o Zunaid e perguntando se eu me importava de dar uma olhada nos filhos dela, "já que você, de qualquer forma, não acredita no Dia dos Namorados."

"Claro, amiga", forcei o meu enésimo sorriso do dia. "Ia buscar uma pizza para o Hintsa — quer que eu leve uma para eles também?" Perguntei, um pouco prestativa demais. E, logo, surgiu a *bitch* que há em mim. De novo. "Só espero que ele não te leve para algum restaurante vegetariano que só serve aquela 'comida' horrorosa que deram pra gente no spa."

"Na verdade, ele vai me levar no restaurante que o irmão dele abriu recentemente em Winchester Hills. Parece que os bifes de lá são maravilhosos e o chef *pâtissier*, formado na França, faz uma mousse de chocolate de dar água na boca..." Ela fez uma pausa. "Você parece um pouco amargurada, fofa. Mais um Dia dos Namorados que o Mandla se recusa a comemorar?"

Fiquei furiosa. "Ah, cala a boca, ou eu talvez reconsidere a oferta de cuidar dos seus filhos!" Disse eu, concluindo e desligando o telefone.

A Lauren. Minha assistente. A Marita. Ah, por que eu me amarrei no casamento? Tinha tanto medo de ficar sozinha que preferi casar com um homem que não era perfeito? Mas aí está: além do meu pai, será que existe algum homem perfeito? Ah, estava condenada à monotonia da vida de casada, com um pouquinho de romantismo nos aniversários e nas férias anuais. Quem me dera poder queimar Hollywood pelo conceito falso que me passaram de casamentos "felizes para sempre" e sem absolutamente nenhum descontentamento de ambas as partes.

Não entendia por que essa treta de romantismo estava me incomodando tanto este ano. Considerando que a expectativa de vida na África do Sul é de setenta anos, se excluirmos as mortes por doenças relacionadas à AIDS, e que eu estava na casa dos trinta, será que eu estaria tecnicamente vivendo minha crise de meia-idade? Lembro de uma amiga que tinha um casamento aparentemente perfeito, mas que se divorciou do marido depois de manter um relacionamento online com outro homem. Agora, consigo me identificar com aquele sentimento de insatisfação que antes parecia ficção. Era uma insatisfação por estar sozinha, mesmo na presença daquele que se ama, porque ele não comunica o amor do jeito que deveria ser comunicado.

Os sintomas estavam todos lá — decepcionada com meu casamento perfeito, simbolizado pelo meu marido perfeito, eu sentia vontade de agarrar bundas de rapazes de vinte e poucos anos com uma pulsão sexual que superava em muito a do meu marido, que era bastante viril. Afinal, será que a Lizwe tinha razão? Homens só serviam para relacionamentos sem compromisso?

Quando cheguei em casa, fiquei agradavelmente surpresa ao encontrar flores na mesa da sala de jantar. O cartão, sem assinatura, dizia: "Para a minha menina favorita, com amor". Me atrevo a achar que meu querido e doce esposo finalmente mudou de atitude? Mas a esperança durou pouco quando recebi uma mensagem do meu pai: "Oi, querida. Espero que tenha gostado das flores." Respondi a ele por mensagem, dizendo que esperava que gostasse da garrafa de licor e do livro de receitas europeias que eu tinha enviado. Deveria ter ligado para o meu pai em vez de usar essa coisa de mensagens, mas ele me conhecia bem demais e eu acabaria reclamando sobre tudo o que o Mandla não fazia. Dado o fato de que meu pai já achava que o Mandla não era bom o suficiente para a filhinha dele, era melhor ele não saber de nada.

Claro que era bom receber flores, mas recebê-las do meu pai era totalmente broxante! É como estar no ensino médio e não ter um par para o baile, e seus pais tentando te consolar, dizendo que os garotos que não te chamaram é que perderam, porque você é muito bonita, ótima para conversar e por aí vai. E você, com certeza, pensando que se sua mãe tivesse te comprado aquele sutiã *push-up* que você queria, teria arranjado um par, bonito ou não.

Sem sentido, te digo. A única pessoa para quem talvez eu conseguiria reclamar e expor meus sentimentos era a Siz, mas eu sabia que ela estaria fora de contato naquele dia. O Vuyo, mulherengo ou não, sabia sempre como impressionar as mulheres. Talvez fosse por isso que ele tinha tantos filhos com tantas mulheres diferentes, pensei amargamente.

Quando fui para a cozinha, a Marita estava esperando sua acompanhante. Estava linda: um visual chique, com o cabelo loiro emoldurando o rosto e um vestido de cetim vermelho, decotado em V, que realçava seu rosto e busto. Senti inveja e, em vez de elogiá-la, perguntei: "Então, como o Hintsa está hoje?"

Ao ouvir minha voz, meu filho veio correndo pelo corredor, segurando um coração recortado com "Amo minha mamãe" escrito em letras grandes e bem desenhadas (no que eu presumi ser a caligrafia da professora) e manchado com borrões de tinta colorida (que eu sabia que ele tinha feito). Tratei aquele coraçãozinho recortado como uma obra de arte muito valiosa. Desejei que o Hintsa herdasse os genes românticos do meu lado da família e que, um dia, fizesse uma mulher muito feliz no Dia dos Namorados.

"Obrigada, querido", disse eu, com lágrimas nos olhos. Vendo que a Marita estava prestes a lançar uma ladainha sobre a aventura romântica que ia viver, desculpei-me com o pretexto de "preciso ir ao banheiro". "Tenha uma boa noite com a Maria", acrescentei, desdenhosa.

Fui ao banheiro e me olhei criticamente no espelho. Não era uma mulher feia. Claro que a bunda precisava ser um pouco tonificada, mas havia muitas meninas dez anos mais jovens que dariam tudo para ter uma pele tão boa quanto a minha. E muitas mais, com metade da minha idade, que não iriam ao baile porque não tinham os meus belos e chamativos olhos, nem meus seios grandes e convidativos, que pareciam capazes de alimentar a África inteira e ainda se manter firmes. Então, qual era o problema do meu marido? Por que, no Dia dos Namorados, eu estava prestes a comer pizza com um bando de crianças, enquanto até minha empregada era convidada para jantar pela namorada?

"Querido", disse ao meu filho quando saí do banheiro, "por que não vai chamar o Júnior e os outros vizinhos e fazemos uma festa da pizza?"

"Sim, mamãe! Você é a melhor mamãe. Te amo!" Surpreendentemente, para um menino de seis anos, meu filho ainda não se envergonhava de demonstrar carinho pela mãe.

Quando o Mandla voltou, vi-o olhando para as flores em cima da mesa. "Do meu pai", adiantei, sem que ele me perguntasse. O cartão não tinha assinatura. Eu deveria ter deixado ele pensar que as recebi de algum garanhão jovem, quente e viril. "É gentil da parte dele", respondeu o Mandla e continuou conversando comigo como se fosse simplesmente um dia qualquer.

Eu não disse nada e agi como se estivesse tudo bem. Então comecei a pensar naquela característica engraçada que os homens têm... Não conseguem perceber quando você está chateada e, depois, vinte anos mais tarde, dizem que nunca souberam que você era infeliz porque você nunca disse nada. Aparentemente, a única comunicação não-verbal que os homens parecem entender é a recusa de sexo e, dado que a maioria de nós gosta disso tanto quanto, ou até mais que eles, raramente usamos essa "arma", a menos que a situação seja realmente drástica.

Para ser sincera, acho que depois de estar com alguém por mais de dois meses, um homem deveria reconhecer os sinais de descontentamento quando uma mulher responde com monossílabos às suas perguntas mais profundas. Sei que não deveria fazer generalizações grosseiras sobre os homens, mas você não tem ideia de como essas generalizações são terapêuticas para uma mulher que se sente desprezada.

Vamos lá, Thandi, é o seu aniversário

Depois do massacre anual que meu coração sofria no Dia dos Namorados, a vida voltou ao normal no meu lar. Optei por não analisar meus sentimentos com as amigas. Não queria que se metessem nos meus assuntos e, sem dúvida, elas fariam algumas alusões nada sutis ao Mandla. No fim das contas, eu queria parecer a mais forte — ou pelo menos fazer parecer. Eu era aquela a quem todos recorriam com seus problemas e dúvidas, e que conseguia resolver os próprios dilemas. Uma mulher durona, independente e autossuficiente.

Além disso, eu já sabia por experiência que ficar lamentando para as amigas não me aproximaria mais do meu marido. Ele só ia reclamar que eu estava sempre "lavando a nossa roupa suja em público" (e não importa se "o público" são as minhas melhores amigas).

O Hintsa estava se adaptando bem à rotina escolar e, nas paredes do meu escritório, como acontece com qualquer mãe orgulhosa, estavam expostas as obras de arte dele. Se meu filho tivesse nascido um século e meio antes, teria sido um rival de peso para Vincent Van Gogh, mas, nas circunstâncias atuais, eu tinha certeza de que ele era a reencarnação de Sekoto. Com o meu viés maternal, estava convencida de que, se meu filho decidisse não se candidatar à presidência, ele seria o próximo grande nome no mundo da arte.

No primeiro sábado de março, as meninas e eu fizemos nosso tradicional *brunch* e o debate do dia girou em torno do fracasso do que pensávamos ter sido uma conferência revolucionária para promover as mulheres em Pequim.

"Meninas, devo dizer que nós avançamos mais do que a maioria das mulheres no mundo", expus meu ponto, segurando uma garrafa de Chardonnay pela metade. "Nós temos pais que não nos forçaram a casar com homens mais velhos para receber um dote, temos carreiras, famílias, e, no meu e no seu caso, Siz, temos homens que não são tão ruins assim — e você, querida Lauren, tem o 'homem *Kama Sutra*'."

"Isso é verdade", disse Lauren, sentando-se confortavelmente em posição de lótus, com ar de quem está pronta para dar uma aula, "mas a batalha ainda não está ganha. Apesar das vidas civilizadas que levamos como filhas, esposas, irmãs e mães, ainda acham que devemos servir primeiro. Nossas necessidades ainda vêm em segundo lugar — ou, no seu caso, Thandi, em terceiro, depois do seu marido e do seu filho."

"Ela tem razão, Lauren. E, portanto, eu gostaria de propor um brinde", disse Siz, erguendo o copo, cambaleando um pouco, "a um mundo onde as mulheres, que de qualquer forma já comandam o mundo, empurrem todos os homens para debaixo da terra e só os tragam de volta quando precisarem de alguém para carregar coisas pesadas ou para sexo. Em Pequim e além."

"Isso aí, isso aí", Lauren e eu concordamos, levantando nossos copos.

"Vocês sabem o que me irrita, meninas?", perguntei.

"Não, mas temos certeza de que vai nos contar", replicou Lauren, sempre a espertinha.

Ignorei-a. "O que me irrita é que na África do Sul, apesar de sermos supostamente iguais, esses idiotas de homens ainda acham que podem nos ameaçar e sair atirando em nós e nas crianças quando nos separamos deles." (Admito que, quando estou bêbada, minha filosofia fica no nível de um leitor do *Daily Sun*.)

"A menos que você seja a Siz", acrescentou Lauren, soltando uma risada.

Mais tarde, quando o Mandla chegou e ouviu, por acaso, nossos gritos alcoolizados de guerra revolucionária, ele percebeu que o melhor seria não me pedir para fazer nada na cozinha. Como um bom marido treinado, ele se adiantou e preparou o jantar. Às vezes, meu marido realmente me irritava profundamente, mas outras vezes, como essa, eu simplesmente o adorava infinitamente.

Final de março era a época da festa da Santa Thandi, também conhecida entre os pagãos como meu aniversário. Meu aniversário caía numa sexta-feira, mas, como sou uma trabalhadora dedicada, não fingi estar doente (seria um pouco óbvio, de qualquer forma). Depois da escola, Hintsa estaria fora durante o fim de semana, visitando a avó no Soweto. Tudo isso tinha sido combinado porque o meu marido, que muitas vezes subestimo no aspecto romântico, aparentemente havia planejado uma maravilhosa surpresa para mim. Com um ar de mistério, ele sugeriu que fôssemos juntos para o trabalho e que me buscaria ao final do dia.

"O que vamos fazer? Me diz!", berrei, animada como uma criança, enquanto ziguezagueávamos no trânsito da manhã.

“Vai ter que ser paciente, meu amor. Mais tarde verá”, ele sorriu de orelha a orelha e, depois, se manteve em silêncio, fingindo estar muito concentrado. Eu podia entrar no jogo, apesar de aquilo me deixar curiosa. Também não parava de pensar que, se a surpresa dele não atendesse às minhas expectativas românticas, eu não deixaria de sorrir, rir e agir como se fosse o melhor presente de todos os tempos. Todo o esforço que ele tivesse feito, não importava qual fosse, tinha que valer alguma coisa.

E realmente tive uma surpresa. Mas não do jeito que eu esperava. Uma hora antes de vir me buscar, Mandla ligou. “Amor, você pode pedir para sua assistente te levar para casa? Estou na casa da minha mãe — vim deixar o Hintsa e minha mãe quer que eu a leve ao Southgate para fazer umas compras. Não sei que horas vou estar livre.”

Que desculpa mais esfarrapada e confusa! Eu não conseguia acreditar que aquele filho da mãe, cujo herdeiro me causou tantas horas de trabalho de parto, estava trocando meu aniversário para ficar com a mãe dele. Minha sogra sempre me apoiou muito, mas naquele dia, definitivamente, ela não estava na lista das minhas pessoas favoritas. Esse era o problema com a minha sogra. Por melhor que fosse nosso relacionamento, ela era como a esposa favorita num casamento poligâmico — sempre que queria o homem, tinha que tê-lo, e as outras mulheres que se danassem.

E ainda teve a ousadia de me sugerir que pedisse para minha assistente me levar para casa — para que minha subordinada pudesse rir da minha humilhação, enquanto eu passava a manhã toda tentando adivinhar a maravilhosa surpresa que meu marido tinha para mim. Ele deve ter se divertido muito com isso!

"Tanto faz" tentei não parecer muito desapontada, mas ele percebeu.

"Não se preocupe, daqui a pouco eu estou em casa e vou te recompensar. Te amo." E então desligou.

De jeito nenhum eu deixaria minha assistente saber que meu marido me trocou pela mãe dele, então pedi que me deixasse na Galeria de Arte de Joanesburgo. "O Mandla vai te encontrar lá e já está no centro da cidade. Sei que, com o trânsito a essa hora, eu ficaria esperando ele para sempre."

"Claro", disse ela. "Fico imaginando o que ele planejou. Um fim de semana romântico em algum lugar, provavelmente. Que divertido, mulher!" Minha assistente aproveitava o fato de estarmos fora do escritório para ser um pouco menos formal comigo. Quando me deixou na GAJ, esperei até ter certeza de que o carro virou a esquina e então caminhei rapidamente até o ponto de táxi. Peguei um táxi coletivo, espremida entre uma mãe com um bebê de nariz escorrendo e um jovem que, obviamente, nunca tinha ouvido falar em desodorante, enquanto o motorista insistia, "*Sifune muhlale* quatro, quatro." Eu ficava mais irritada a cada minuto que passava. O Mandla sentiria minha ira quando voltasse para casa à noite!

Mas, à noite, o Mandla não voltou para casa. Assim que cheguei, me servi de uma taça de vinho. Depois, de outra. Por volta das nove da noite, aceitei que passaria a noite em casa e fiz um jantar congelado no micro-ondas. Depois tratei de me embebedar e de amaldiçoar o Mandla enquanto bebia. Desliguei a televisão (de qualquer forma, todos estavam vivendo felizes para sempre, diferente de mim!) e a última coisa de que me lembro foi de cantar "I Will Survive" antes de adormecer no sofá.

No sábado, o Mandla ainda não tinha voltado, e meus sentimentos oscilavam entre uma intensa raiva e uma enorme preocupação por ele não ter ligado. Eu não conseguia parar de imaginá-lo estirado em uma funerária em algum lugar, sem ser identificado por parentes próximos. No entanto, meu orgulho era mais forte do que minha preocupação, e eu não ligaria para ninguém perguntando por ele, porque isso me faria parecer uma mulher que foi abandonada. Se ele não estivesse em casa até segunda-feira, disse para mim mesma, só então eu ligaria para o consultório e para sua mãe, tentaria rastrear seus passos e, finalmente, registraria o seu desaparecimento.

No fim, não consegui esperar tanto tempo. Liguei para a minha sogra com o pretexto de saber como estava meu filho.

"Oh, ele está bem. Já saiu de carro com o pai. Quer falar com o Mandla?", perguntou. Eu disse que não.

Então, estava tudo "bem"? O Mandla estava passeando pelas ruas do Soweto. Será que havia outra mulher? Eu odiava pensar assim do meu marido, mas não podia perguntar, correndo o risco de parecer uma dona de casa ciumenta e possessiva. Preferia ser a esposa que sempre fui: intelectual, profissional, perfeita. Mas eu juro que mataria ele, se tivesse saído com alguma vadia do bairro.

Mandla chegou em casa bêbado, trazendo Hintsa, no fim da tarde de domingo. Eu tive vontade de esbofetear ele por estar dirigindo nesse estado com meu filho no carro, mas sabia que ele estava morrendo de vontade de arrumar uma briga como forma de se defender pelo erro que sabia que tinha cometido. Decidi não dar o prazer de ouvir da minha boca: "Porra, onde você esteve?". Deixei ele tentar entender.

Minha raiva, que vinha se acumulando desde que falei com a mãe dele, agora estava fria e calculista. Eu já estava planejando me vingar de uma forma que o pegasse de surpresa e atingisse em cheio. Além de estar furiosa com o fiasco da celebração do meu aniversário, eu estava também irritada por ter sido obrigada a ficar em casa escondida das minhas amigas, tentando passar a imagem de que estava fora de casa. Passei literalmente todo o fim de semana no meu quarto, vegetando na frente da TV com as cortinas fechadas para que nem a Marita — que provavelmente estava ocupada demais em seus passeios românticos para se importar comigo — me visse. Se eu não mencionei esse incidente para as minhas camaradas-de-armas, isso não tinha a ver tanto com meu orgulho, mas mais com o meu plano de vingança. Na batalha dos sexos, você tem que sair por cima antes de poder contar a história.

"Como foi o seu fim de semana com a vovó, meu querido?", perguntei ao meu filho, sorrindo, como se tudo estivesse normal no mundo.

"Foi muito legal, mamãe", respondeu ele, estendendo a mão que estava escondida atrás das costas.

"Feliz aniversário atrasado."

Atrasado? Sim, exatamente como eu me sentia em relação ao Mandla. Na tentativa de me fazer sentir melhor, o filho da mãe estava me manipulando, fazendo o Hintsa me entregar um buquê de flores e um cartão de aniversário atrasado, dedicado a uma "maravilhosa mãe e esposa".

"Perdão, amor. Foi uma coisa atrás da outra com a minha mãe", desculpou-se Mandla, ainda bêbado. Percebi, pelo tom de voz, que ele estava me desafiando a gritar minhas frustrações, mas eu, deliberadamente, não mordi a isca. Em vez disso, cozinhei e jantei com Mandla e nosso filho, como se estivesse tudo bem.

Li a história para o Hintsa dormir e o aconcheguei bem na cama. "Que bom que você e o papai gostaram de passar o fim de semana com a vovó, querido."

"Gostamos, mas o papai não ficou lá a maior parte do tempo. Ele estava na casa da tia Norma, no fim da rua."

O pequeno dedo-duro rapidamente levou a mão à boca. "Desculpa, mamãe. Era segredo. O papai disse para eu não te contar. Por que o papai não quer que eu te conte? A tia Norma foi muito legal."

Engoli em seco. "Porque a tia Norma queria me fazer uma surpresa com um presente amanhã no trabalho, querido... E agora você estragou a surpresa." (Como se fosse isso!) "Como ela está?", perguntei, mesmo sendo a última coisa que eu queria saber.

"Está bem, mamãe", respondeu ele, inocente.

Acho que Mandla nunca imaginou que o próprio filho fosse falar alguma coisa, porque ele não sabia que a maternidade se sobrepõe a qualquer solidariedade masculina.

Norma era a ex-namorada do Mandla dos tempos em que ele trabalhava no Baragwanath. Agora ela era enfermeira em alguma clínica no Soweto, e eles ficaram juntos por dois anos antes de eu aparecer. Na verdade, eu não a via desde... Então, tudo começou a fazer sentido! Será que aquela mulher gorda com quem o Mandla estava falando no cinema era ela? Ele a tinha apresentado como Norma.

Era mais gorda do que eu e nem bonita era! E o fato de que a mãe dele, que deveria ser minha aliada, ter deixado isso acontecer... Agora, ela realmente estava na minha lista negra. Isso explicava todas as visitas à mãe e as frequentes idas ao Soweto. Será que o Chukwu e o Kamau também estavam envolvidos nisso, já que Mandla sempre dizia que estava com eles? Será que Kamau também estava traindo a Njeri? A desgraça gosta de companhia.

Saindo do quarto do meu filho, fui direto para o meu quarto e tranquei a porta. Antes mesmo de terminar de percorrer a lista de contatos do meu celular procurando o número da Njeri, já estava em lágrimas. Filho da mãe, mentiroso e traidor! Quando ela atendeu, eu estava histérica.

"Njeri? É a Thandi", solucei.

"Thandi, o que foi? Parece que estava chorando. O que aconteceu?"

"Njeri, posso ir aí? Eu sei que é tarde, mas...". Não consegui continuar.

"Claro, querida. Traz algumas coisas para passar a noite e conversamos quando você chegar aqui."

Naquele momento, eu não podia desabafar com as minhas amigas, pois éramos próximas demais, mas a Njeri era exatamente a pessoa de quem eu precisava. O marido dela era amigo e colega do meu marido. Talvez ele soubesse de alguma coisa. Mandla estava arrumando a cozinha quando eu apareci com minha bolsa para passar a noite fora.

"Onde você vai, amor?", perguntou ele.

"Não fala comigo, seu adúltero filho da mãe", respondi, batendo a porta com força.

Ao entrar no carro, vi Mandla tentando me seguir, gritando sem muita convicção para que eu voltasse, mas apenas bati a porta do carro e dirigi em velocidade suicida até a casa da Njeri e do Kamau. Felizmente não havia policiais de trânsito por perto, porque eu não estava com disposição para uma conversa amigável e teria descontado minha fúria em qualquer homem que visse, de uniforme ou não.

Quando cheguei, Njeri me esperava no portão. Levou-me para dentro. Kamau não estava à vista, nem a filha deles.

"Entra, amiga. Senta. Acabei de fazer chá. Vou te servir um pouco."

Sentei e bebi pequenos goles do chá quente e doce.

"Por que será que as pessoas das antigas colônias não conseguem sentar para conversar sem uma xícara de chá?", refleti em voz alta. Njeri sorriu. "Chá e fofoca — acho que é uma das melhores coisas que os nossos antigos colonizadores nos deixaram. Agora diz, qual é o problema."

Pensei que já tinha me acalmado, mas enquanto contava à Njeri o que aconteceu, comecei a chorar de novo. Njeri me abraçou forte e depois chamou o marido em voz alta.

Kamau entrou na sala com cara de quem estava prestes a pegar no sono.

"Você sabia do Mandla e daquela mulher?", perguntou Njeri. Kamau olhou para mim, sem jeito.

"Um dia ouvi ele comentando isso com o Chukwu, querida."

"E não me disse nada? Espera aí... Também anda por aí dormindo com outras mulheres?", desafiou Njeri, fitando o marido alto e corpulento, que parecia desconfortável.

"Não, claro que não, amor. Só achei que não era da minha conta", respondeu ele.

"Não era da sua conta? A Thandi te convida para jantar na casa dela, você come na casa dela e mesmo assim, de algum jeito, acha que o fato de o marido dela estar dormindo com outra mulher não tem nada a ver com você? Você me dá nojo. Sai daqui", rugiu Njeri, e o marido saiu, provavelmente aliviado por poder voltar para a cama e escapar do veneno da esposa.

Njeri me acomodou no quarto de hóspedes e disse que eu podia ficar o tempo que quisesse. Agradeci, mas recusei a oferta de passar mais de uma noite. Já deitada na cama, rolando de um lado para o outro, lembrei das palavras do meu pai quando terminei com meu primeiro namorado: ninguém morre de coração partido. Tentei me tranquilizar com essas palavras, mas não funcionou. Continuei analisando e reanalisando meu casamento. O que tinha de errado? O que levou meu marido a procurar outra mulher? Será que eu engordei demais durante o casamento? Na cama, eu não usava lingeries sexy o suficiente? Alguma vez deixei de estar presente quando ele precisou de mim? Não era eu uma esposa dedicada e solidária? Não era eu uma anfitriã maravilhosa para nossos convidados? Uma boa ouvinte sempre que ele queria conversar? Por quê, por quê, por quê... Perguntei para mim mesma um milhão de vezes sem encontrar uma resposta.

Finalmente, consegui dormir um pouco e acordei no meio da manhã. Njeri e a família já tinham saído para suas atividades diárias, mas ela tinha me deixado um bilhete: "Se precisar voltar, fique à vontade. Não deixe que nem ele nem a amante te derrubem. A CULPA NÃO É SUA." Era como se ela tivesse lido minha mente enquanto eu rolava de um lado para o outro na cama durante toda a noite.

Voltei para casa para pegar o computador. Quando abri a porta, lá estava a Marita, de joelhos, encerando o chão da varanda. Embora eu estivesse vestida para trabalhar, meus olhos estavam inchados de tanto chorar a noite toda. Eu devia estar "linda", porque ela passou imediatamente para o modo "gestão de crise".

"MaHintsa? Por que não está no trabalho? Onde você dormiu? Está doente? Está tudo bem?", perguntou. Claro que meu filho e o pai dele já tinham saído.

"Não quero falar sobre isso", respondi, mas a sua simpatia e a minha raiva foram demais para mim, e eu desabei, chorando de novo. Nesse dia, minha empregada, a moça que eu contratei só para provocar minha amiga, tornou-se o meu apoio enquanto me abraçava e eu chorava no seu ombro. Depois do que deve ter parecido horas para ela — mas provavelmente foram apenas dez minutos —, acalmei-me o suficiente para me levantar e ir ao banheiro.

"Quer que eu ligue para o escritório e diga que você está doente?", perguntou.

"Não", respondi. "Mas se você puder ligar e dizer que vou chegar atrasada, seria ótimo. Ah, Marita..."

"Sim, MaHintsa?"

"Você pode fazer uma xícara de café bem forte para mim?"

"Claro", respondeu minha única aliada naquela confusão toda, mesmo sem saber qual era o problema.

Terminei o café e saí para o trabalho. Conforme a Njeri tinha me aconselhado, eu não ia deixar aquele traidor filho da mãe me derrubar. A partir de agora, prometi a mim mesma que afogaria minhas mágoas no trabalho. Afinal de contas, o trabalho nunca me trairia — a não ser que eu fosse demitida, mas não poderiam me demitir se eu trabalhasse o dobro, certo?

Enquanto minha assistente tinha saído para almoçar, olhei pela abertura da porta que conectava nossos escritórios e vi Mandla entrando como se nada tivesse acontecido. Como se meu escritório fosse um banheiro público onde ele podia entrar e sair sem nem suscitar um olhar desconfiado. Ele trazia uma embalagem de comida, que colocou na minha mesa.

"Trouxe o almoço, amor."

Nem um pedido de desculpa, nem sinal de arrependimento, como se tudo estivesse um mar de rosas.

Agradeci delicadamente e devolvi a embalagem. "Já almocei, obrigada", acrescentei calmamente. "Por que você não leva isso para a Norma? Você e ela podem comer juntos, porque, até onde eu sei, desde ontem já não tenho marido."

"Mas, amor, eu posso explicar..." Tentou se justificar Mandla.

"Eu não quero falar com você agora. Talvez, só talvez, a gente converse quando eu chegar em casa. Neste momento, gostaria muito que você fosse embora." Minha voz estava mortalmente calma.

"Mas..."

"Mandla, saia deste escritório imediatamente, ou eu vou chamar o segurança. E digo mais, do jeito que estou me sentindo agora, não teria problemas se você passasse a noite preso por invasão de propriedade", ameacei, estendendo a mão para o telefone.

Mandla podia ser um mulherengo e um idiota que trocou o bife que tinha em casa pelo hambúrguer de uma enfermeira, mas sabia que eu não teria problemas em cumprir a ameaça.

"Conversaremos em casa", disse, saindo do meu escritório e cumprimentando meus colegas alegremente. Mas ele sabia que tinha cruzado a linha.

Cheguei em casa tarde de propósito, bem a tempo de colocar meu filho para dormir.

"O que aconteceu, mamãe? Onde você estava? Não te vi de manhã", perguntou Hintsa, enquanto eu o cobria. Ele deve ter percebido que algo estava errado e, provavelmente, sentiu a tensão entre os pais. As crianças sempre acabam presas no meio dessas guerras.

"Só estou cansada, meu querido. Fui trabalhar cedo hoje de manhã. E a mamãe vai precisar fazer horas extras nas próximas semanas, então talvez eu não esteja aqui para te colocar na cama", disse-lhe, da forma mais calma que pude.

"Mas por quê, mamãe?", perguntou meu homenzinho, emocionando-me e fazendo-me sentir uma péssima mãe por deixar que os meus problemas no casamento interferissem na minha disponibilidade para ele.

Porque a mamãe tem muitos prazos a cumprir. Lembra de quando você me contou que a professora disse que você e a turma tinham que terminar de escrever o alfabeto, senão não poderiam ir para o recreio?"

"Lembro."

"Então, o chefe da mamãe não quer que ela chegue em casa antes de terminar o trabalho, isso todos os dias."

"Mas eu pensei que a mamãe fosse a chefe." Que esperto esse garoto. Eu deveria ter inventado uma desculpa melhor.

"Sim, mas a mamãe só é chefe no Soweto. Lá em Tshwane, tem um chefe maior."

"O chefe maior em Tshwane está com o Presidente, mamãe?" perguntou o inocente, traçando um paralelo entre o chefe da mamãe e o chefe de Estado.

"Sim, filho, com o Presidente", respondi.

"Quando eu crescer, vou ajudar a mamãe para ela não precisar trabalhar até tão tarde e poder chegar cedo em casa, tá bom?"

"Tá bom. Obrigada, meu bem. Vou esperar você crescer para me ajudar", disse com lágrimas nos olhos. Sentia ainda mais raiva do Mandla por me ter submetido a isso.

Fiquei sentada ao lado de Hintsa até ele adormecer, pensando, apesar da minha fúria: "ele é a única coisa boa que veio do Mandla." Quando entrei no quarto, Mandla já estava lá, vestindo os shorts do pijama. Teve a gentileza de parecer envergonhado e até um pouco culpado. Achei irônico ele cobrir sua masculinidade diante da esposa, quando tinha deixado ela solta por aí durante o fim de semana.

Ele se sentou na cama. "Amor...", começou.

Virei-me para ele e cortei logo. "Olha, Mandla, você já ultrapassou o limite da minha paciência. Para começar, o único motivo para eu não ir dormir no quarto de hóspedes é a minha vontade de manter alguma aparência de normalidade para o meu filho. Ainda não decidi se quero continuar casada com o adúltero que você é, então é melhor você reduzir ao mínimo a conversa até eu decidir o que fazer. Em segundo lugar, sei que dissemos que íamos conversar em casa, mas não estou a fim de ouvir nenhuma história que você tenha inventado para justificar ter me largado no meu aniversário para estar com sua ex. Fica bem longe de mim e nem se atreva a me tocar."

Quando a Lauren e a Siz me ligaram para perguntar como tinha sido meu jantar de aniversário, fui vaga. "Nem queiram saber", foi tudo o que consegui dizer. Não ia descarregar meu drama doméstico porque ainda não sabia o que fazer. Ou estavam ocupadas com suas próprias vidas, ou acharam que eu estava chateada com outra coisa, porque não insistiram no assunto.

No fim de semana seguinte ao meu aniversário, Lauren e Siz apareceram com presentes para mim. Estava doida para desabafar com elas, mas me segurei. Felizmente, elas nem notaram que eu estava estranhamente calada. Siz estava ocupada contando detalhadamente seus planos para o bebê, e até trouxe uma lista de escolas onde pretendia fazer entrevistas para garantir uma vaga para a criança que ainda nem tinha nascido. Enquanto isso, Lauren estava cheia de novidades sobre o Zunaid e a última escapadinha dos dois.

"Nesse momento, estou me sentindo um pouco invadida. O Zunaid entrou naquela fase horrível de possessividade", disse Lauren.

"Amiga, sei exatamente como você se sente", falei, tentando parecer normal e me envolver com entusiasmo. "Já passei por isso com um cara que eu fiquei na faculdade. Lembra do Stu, Siz?"

"Como poderia esquecer, amiga!? Alto, musculoso e — como você gostava de dizer — com um 'equipamento' que desmentia o mito de que marombeiros encolhem."

"Esse mesmo. Lauren, você acredita que aquele homem conseguia me levantar no chuveiro? De qualquer forma, tínhamos combinado que era só para curtir, mas ele entrou naquela fase estranha de querer me possuir e contar para meus amigos e todo mundo sobre a gente, porque não entendia por que eu não me apaixonei perdidamente por ele."

Siz não podia deixar passar. "Lauren, esse cara me ligava perguntando: 'O que está acontecendo com a sua amiga? Até falei dela para a minha mãe, mas a Thandi continua me ignorando!' Como se contar para a mãe dele fosse o que ela precisava para se apaixonar perdidamente por ele."

Eu ri. "Pois é. Isso até funciona quando você está procurando um compromisso e finge ser recatada, mas quando quer só algo leve, se torna realmente irritante. É tão transparente como tudo gira em torno do frágil ego masculino — tentam garantir que são o único homem da sua vida."

Lauren nos trouxe de volta ao assunto do seu homem, o mestre do *Kama Sutra*. "Mas escutem essa. Vocês sabem que o Zunaid é daqueles caras indianos, né? Pois bem, agora ele até me pergunta se é por ser negro que eu não quero apresentá-lo para meus amigos e familiares."

"E aí?" perguntou Siz, com sua habitual falta de papas na língua. "Você disse a ele que alguns dos seus melhores amigos são negros?"

"Pois é! E ele não gostou nem um pouco. Não sei qual é o problema dele. Conheceu meus filhos, conheceu vocês, e esses são os únicos amigos e familiares que importam", respondeu Lauren.

"Amiga, o seu Zunaid tem problemas sérios. Os homens deixam as mulheres que exigem compromisso porque se sentem presos. E aqui está uma mulher disposta a abrir mão disso, sem pedir nada em troca — nem bens, nem compromisso, nada... Isso se chama inversão de papéis!"

Nas três semanas seguintes, minha casa virou um bloco de gelo. Durante todo esse tempo, Mandla chegava cedo em casa e passava os fins de semana por lá, numa tentativa tosca de me mostrar que estava arrependido. Dormíamos na mesma cama, morávamos na mesma casa e usávamos o mesmo banheiro, mas não trocávamos uma única palavra. O pior de tudo é que, além das lágrimas que derramei no ombro da Marita, nem sequer podia compartilhar isso com minhas amigas. Bem feito para mim, por ter zoado a saga Vuyo-Pertunia junto com Lauren. Como seria se eu continuasse com Mandla depois de ter perturbado tanto a Siz pelo mesmo motivo? Acho que, no final, uma mulher, feminista ou não, nunca consegue entender as ações de outra mulher até ter caminhado um bom quilômetro usando os Manolos dela.

Eu só falava com Mandla quando era extremamente necessário e fingia que estava tudo bem na frente de Hintsa. Acabei desmoronando uma noite, durante um daqueles anúncios engraçados da Polka. Depois de ter dado uma gargalhada alta, parecia mesquinho voltar ao silêncio, então decidi confrontar Mandla e fazer a pergunta que não parava de martelar na minha cabeça desde que descobri a traição: "por quê?"

Quando ele respondeu, senti vontade de esbofetear sua cara. "Olha, Thandi, eu estou realmente arrependido. O que aconteceu foi que me encontrei com Norma aquela vez no cinema" (como eu tinha imaginado, pensei), "e ela me convidou para o aniversário do filho. A princípio foi tudo inocente, mas ela parecia genuinamente interessada na minha vida, e você estava tão ocupada com o trabalho..."

"Ah, então a culpa é minha agora? Deixa eu te lembrar que foi você quem foi dormir com outra pessoa. Você que expôs a sua amante para o nosso filho. Você quem fez planos para o meu aniversário e acabou enrolado com outra mulher. Você que se comportou como um cão. E quer dizer que a culpa é minha? Inacreditável!"

"Claro que não é culpa sua. E não é ela que eu quero. Você é a mulher com quem eu casei, a mulher com quem eu quero passar o resto da minha vida. Juro que nunca mais vou fazer isso e prometo passar o resto da vida compensando você...", ele continuava.

"E isso deveria me fazer sentir melhor por você ter casado comigo e não com ela? E quanto ao fato de ter dormido com ela quando deveria estar dormindo comigo? O que você me diz?" Nessa altura, eu já estava berrando e chorando.

Meu filho entrou correndo e se agarrou ao meu vestido. "Com quem o papai dormiu quando deveria estar dormindo com você, mamãe?" Ups! Obviamente minha voz estava em um volume muito mais alto do que eu esperava. Me senti egoísta por ter obrigado meu filho a ouvir tudo isso.

Mais tarde naquela noite, com Hintsa já dormindo e depois de eu ter me acalmado um pouco, Mandla tentou mais uma explicação patética. "Olha, amor, eu fui egoísta. Fui um idiota. É só isso. Não sei explicar direito, talvez o melhor que eu possa dizer é que me sentia sufocado."

"Sufocado? Fui eu que pedi você em casamento? Fui eu que prometi devoção eterna? Fui eu que declarei que não podia viver sem mim e paguei o dote direitinho?" Eu tinha que desabafar. Não havia absolutamente nada que ele pudesse dizer para justificar suas ações.

Ali, decidi que aquele jogo podia ser jogado a dois. Claro, dois erros não fazem um acerto, mas percebi que só me sentiria vingada se retaliasse. Sorri com indulgência e disse a ele que tudo bem, que podíamos resolver o problema. A confiança havia sido seriamente corrompida, mas eu precisava de um plano de vingança surpresa. Por dentro, estava fervendo. Ele queria espaço? Tudo bem. Ele ia entender o que realmente significava ter espaço.

Embora, aparentemente, nossas vidas tivessem voltado à normalidade, Mandla sabia muito bem que levaria muito tempo até que a confiança fosse reconstruída, especialmente depois de eu ter exigido um teste completo de DST antes mesmo de pensar em retomar as relações sexuais. (Ele disse que tinha usado preservativo, mas eu não ia arriscar. E, além disso, preservativos podem romper.)

Os dois meses seguintes se passaram com ele fingindo que tudo estava bem e comigo fingindo que gostava de sexo, mas a verdade é que não conheço nenhuma mulher que aproveite sexo quando tem um problema sério com o homem. Apesar de a maioria dos homens acreditar no mito de que o sexo tem um efeito curativo, naquela teoria de "dá um beijinho e faz as pazes" — coisas de Marvin Gaye e seu "Sexual Healing".

Conspirei em silêncio minha vingança, cuidando dos bilhetes e do hotel para o tempo em que eu também teria "meu espaço". Na terceira sexta-feira de maio, fui de carro para o trabalho, como de costume, e fiquei lá até a hora do almoço. Depois, comuniquei à minha assistente que não voltaria ao escritório naquela tarde. Instruí-a também a tomar nota de todas as mensagens de quem ligasse, informando que eu só poderia responder na semana seguinte.

Dirigi até em casa para pegar algumas peças de roupa e, em seguida, segui para o Aeroporto Internacional de Joanesburgo, onde embarquei no meu voo para as Cataratas de Vitória.

Ao chegar à pista de pouso que serve como aeroporto nas Cataratas de Vitória — ou, melhor dizendo, Mosi oa Tunya, como as quedas d'água eram chamadas antes de David Livingstone "descobri-las"—, peguei um transporte para o meu local escolhido de refúgio, o luxuoso Hotel Elephant Hills.

"Bem-vinda ao Elephant Hills, senhora!" disse o porteiro, me conduzindo para dentro daquele castelo onde a única exigência para eu ser rainha era um cartão de crédito. "Sim, de fato", pensei, "este vai ser o fim de semana da Thandi." Eu tinha marcado uma sessão no spa, com direito a massagem, uma hora após a chegada, então, depois de me instalar na minha suíte, desliguei o celular — com *roaming* ou não, ia ser um tempo só para mim — vesti um dos confortáveis roupões do hotel e desci para o spa.

A visita ao spa aliviou a maior parte da tensão que eu vinha carregando nos últimos meses. E eu percebi que, depois daquele fim de semana, estaria pronta para me libertar da raiva, perdoar e seguir com a minha vida e o meu casamento. Porque teria exercido a minha vingança e, se tudo corresse bem, no processo, teria dado uma lição no Mandla. Há poucas coisas que eu gosto tanto quanto uma vingança friamente planejada, sem que o alvo desconfie. Eu realmente acho que teria sido uma ótima política ou uma grande estrategista militar ao estilo de Aníbal. Afinal, a vingança é uma forma de retaliação, logo, isso não a torna parte de "tudo é justo no amor e na guerra"?

Há muito tempo eu não me sentia tão livre. Tirei uma soneca de uma hora e depois fui até o centro da pequena cidade admirar os *souvenirs*, experimentar chapéus de tecidos interessantes e comprar blusas e vestidos de crochê que provavelmente nunca usaria. Fui ao Hotel Victoria Falls e joguei nas máquinas do cassino — uma saída desnecessária, eu acho, já que havia um cassino no meu hotel. De volta ao Elephant Hills, sentei em um dos restaurantes seletos e jantei sozinha, mas não solitária. Eu queria relaxar sem inibições, então, depois do jantar, fui para o bar e pedi um daqueles coquetéis com guarda-chuvinhas que parecem ótimos no cardápio e têm um sabor ainda melhor... Desde que você não pergunte o que tem dentro.

Minutos depois, um deus alto de pele escura veio se acomodar no banco ao lado do meu, no bar. Tinha mais de um metro e oitenta de altura, pele da cor de chocolate amargo e estava bem barbeado, exceto por uma barbicha bem definida e costeletas que pareciam ter sido medidas com uma régua para garantir a exatidão. Eu poderia aproveitar uma noite com um homem como ele, pensei. Enquanto eu lançava olhares e tinha fantasias, ele me encarou, e nossos olhos se encontraram. O homem tinha os olhos mais expressivos que eu já vira, e o que eles agora demonstravam era pura luxúria. A ilusão divina se desfez, e percebi que estava desejando um homem casado, quando, ao abrir a boca, ele disse, num sotaque americano arrastado que inconfundivelmente vinha de algum estado do Sul: "Então, onde está o seu homem?"

Ah, não! Que cantada patética. Tanta coisa que poderia ser dita a uma mulher... Percebi ali que ele não flertava com alguém há muito tempo. Mas, nesse fim de semana, era só eu contra o mundo, e eu não ia deixar que uma coisa insignificante como uma esposa ou um marido, em algum lugar na Terra, roubassem a minha sensação de independência e prazer. Afinal de contas, a Siz e eu tínhamos uma regra na universidade: uma pessoa era considerada solteira desde que estivesse em um CEP diferente do de sua cara-metade. E, neste fim de semana, eu planejava estar totalmente disponível.

Quando ouvi o seu nome, percebi que tinha razão quanto às suas origens. Pertencia a uma das famílias da burguesia negra do Sul dos Estados Unidos, com uma longa tradição de estudos na Spellman e na Morehouse. Até tinha um nome que comprovava isso, com um número no final, ainda por cima. "Sou Martin Lee Robert IV." Pelo menos não era um daqueles nomes impronunciáveis dos negros americanos que parecem ser apenas uma combinação aleatória de letras com pouco ou nenhum significado, mas que, quando se pergunta ao dono, aparentemente são "africanos".

"E qual é o seu nome, bela dama?"

"Meu nome é Thandi, Sr. Martin Lee Robert IV. Bem-vindo à África. Está aproveitando a Terra Mãe?" Flertei.

"Claro que sim. Há tanta coisa boa para se ver!" Ele me despia com os olhos. Pelo menos reconhecia a qualidade do que via. "Então, ainda não me respondeu: onde está o seu homem?" continuou.

"Meu marido está em casa cuidando do nosso filho. E a sua mulher, onde ela está?"

Ele sorriu. "Minha esposa está em casa cuidando da casa e do nosso cachorro, já que não temos filhos."

"E o que está fazendo aqui sem ela?", perguntei, curiosa.

"Na verdade, estou aqui a trabalho", respondeu, sem entrar em detalhes. Mas eu não ia deixar passar tão fácil. "E qual seria esse trabalho? É jogador profissional?"

Ele riu e explicou que era catedrático de História Afro-Americana na Universidade de Chicago, e eu fiz uma anotação mental: "um dos vinte por cento, ou algo assim, de negros americanos que escaparam da prisão e fizeram sucesso na vida." Questionei sobre isso e ele disse que eu assistia muita televisão.

"Nada disso. Na verdade, se eu assistisse muita televisão, eu presumiria que você tem cinco mães solteiras em cinco cidades diferentes e um parceiro no estado vizinho — se é que dá pra confiar nesses programas sensacionalistas."

Ele soltou uma gargalhada. O homem tinha uma risada saudável e sexy que eu adoro nas pessoas. Aquele tipo de riso que começa no estômago, ilumina os olhos antes de ribombar na garganta e explode como um trovão... Um riso da alma. "Na verdade, conheço bem o seu país", informei.

"É mesmo?"

"Sim, mas por que parece tão surpreso?" perguntei.

"Porque ouvi dizer que vocês, sul-africanos, são como as pessoas nos Estados Unidos. Pensam que todos querem ser sul-africanos e, sendo assim, nunca viajam para fora do país. Além disso, todos os africanos que conheci e que moraram nos Estados Unidos geralmente têm um sotaque americanizado, e você tem uma pronúncia claramente africana."

Eu ri. "Na verdade, eu também já viajei bastante pelo mundo, mas obrigada pelo que presumo ser um elogio, embora eu não saiba exatamente o que é uma 'pronúncia africana'."

Ele foi rápido na resposta. "É bem fácil: uma pronúncia africana é como a sua."

Disse a ele que, na verdade, eu tinha orgulho de ser africana, daí ter mantido o sotaque mesmo depois de seis anos sob a dominação cultural ianque.

Quando não estava tentando me conquistar com suas cantadas toscas, Martin era um homem estranhamente fascinante, e não apenas por ser a encarnação de um Apolo negro. Era um conversador espirituoso e inteligente, e o tempo voou enquanto estávamos sentados conversando.

Fiquei sabendo que ele estava no Elephant Hills presidindo um encontro com catedráticos de faculdades similares em outras universidades da região centro-oeste dos Estados Unidos. O tópico da discussão: "A perda de identidade africana na África pós-colonial."

"Tem alguns intelectuais africanos na conferência?" perguntei, curiosa.

"Não, não temos", respondeu.

"Desculpe a ousadia, mas não acha um pouco presunçoso e até mesmo paternalista vocês ficarem discutindo a África sem a presença de africanos?", comentei, um pouco incomodada.

"Você tem toda a razão, este seminário foi planejado de forma desajeitada. Mas por que não participa da nossa sessão de amanhã?", convidou. Aceitei gentilmente.

À medida que a nossa conversa entrava em território mais pessoal, descobri que Martin tinha uma qualidade que o redimia de toda a sua personalidade burguesa (além do visual e da propensão para boa conversa): ele era um homem que havia alcançado o sucesso por mérito próprio, o que é bastante surpreendente para alguém que cresceu em um meio social confortável.

"Recusei estudar na Morehouse. Em vez disso, fui para a Universidade do Havaí, em Manoa, com uma bolsa de basquete."

"Você esteve na UH? Meu Deus... Quando esteve por lá?" Qual era a probabilidade de encontrar um colega de universidade em uma cidade safari no meio da África?

"Estive lá de 2006 a 2010, conhece alguém de lá?" perguntou.

"Conheço alguém?! Eu estava lá nessa época! Jogou com o Carter?"

E a conversa seguiu por aí, e o tempo passou voando. Eu tinha esquecido a emoção da caça e era divertido poder agir sem inibições.

Desde que Mandla e eu nos casamos, minhas interações com o sexo oposto se limitaram a homens na condição de colegas meus ou dele, parceiros de amigas ou amigos da família. Além do meu pai, o único homem com quem eu tinha alguma ligação significativa nos últimos seis anos era o Mandla e, naquele momento, isso não era exatamente um empecilho. Eu estava sobrecarregada com as responsabilidades de cuidar do nosso filho resfriado, a visita do meu pai, e a mãe do Mandla precisando de dinheiro para a mercearia — aquele tipo de relacionamento que exige grandes esforços para manter a espontaneidade, mas que já não tem nada de espontâneo. E certamente nada tão relaxante e descomplicado quanto o tempo que eu acabara de compartilhar com o Martin.

O que aconteceu a seguir não deveria ter acontecido em circunstâncias normais, mas aquilo ali não era normal, e eu me sentia bem sabendo que estava mandando um "dane-se" para o meu marido. O álcool e a presença de um homem atraente e, mais importante, inteligente, eram uma dádiva da deusa da vingança. Achei aquilo muito libertador.

Martin e eu não podemos dizer que fizemos amor naquela noite — foi algo mais primitivo, uma necessidade animal de se conectar depois de encontrar uma alma gêmea, mesmo que só por um fim de semana. Foi um sexo apaixonado, lindo, sem culpas. Ambos concordamos que, depois do fim de semana, nossas ações não se repetiriam, nem em palavras nem em atos, porque estávamos ambos comprometidos. De qualquer forma, seria difícil repetir, já que morávamos em continentes diferentes.

Depois de horas de paixão, tiramos uma soneca e acordamos ao amanhecer para ver o nascer do Sol sobre as Cataratas. Queria ter tirado algumas fotos com a câmera do celular, mas não quis arriscar ligar o telefone e dar de cara com uma ligação do Mandla. Ou de qualquer outra pessoa, aliás. Também não queria correr o risco de ser tentada a tirar uma foto daquele homem com quem eu estava tendo um caso ilícito de fim de semana e depois me esquecer de apagá-la. Eu conseguia imaginar as perguntas do meu filho se ele encontrasse a foto enquanto jogava no meu celular.

"Hoje vamos fazer *bungee jumping*!" desafiei o Martin, depois de apreciarmos o nascer do Sol.

De alguma forma, o *bungee jumping* parecia apropriado — afinal, era a primeira vez em sete anos que eu dormia com alguém além do Mandla. Embora eu ache que "dormir" não seja a palavra certa para descrever a noite que tivemos juntos.

Depois de nos jogarmos no grande vazio, voltamos ao hotel e tivemos um treino bem intenso antes de nos entregarmos a um banho de chuveiro revigorante e saborearmos um *brunch* satisfatório.

À tarde, participei da sessão do seminário — confesso que não assimilei muito do que foi dito, tão ocupada que estava admirando o meu homem do momento e fantasiando sobre o que faríamos à noite.

Após mais uma noite de paixão prolongada e um longo e tardio amanhecer juntos, nos despedimos. Sem trocas de e-mails ou números de telefone — queríamos evitar complicações.

O voo foi muito animado — mas só na minha mente, porque fiquei revivendo ativamente os acontecimentos do fim de semana. Também tive um monólogo interno de como eu reagiria à fúria do Mandla quando ele questionasse meu desaparecimento sem aviso prévio.

Enquanto dirigia do aeroporto com *Rebel Woman*, da Chiwoniso Maraire, tocando alto no som do carro, eu realmente me sentia assim... E me senti estranhamente liberta na minha rebelião.

Cheguei ao trabalho a tempo e retomei a rotina de escrava do governo, mas naquele dia nada poderia me abalar. Quando minha assistente chegou, veio direto para o meu escritório e me abraçou como se eu fosse um cavaleiro medieval voltando das cruzadas.

"Mas o que está acontecendo com você?" perguntei, confusa.

"Estou feliz por vê-la", respondeu. "Seu marido tem me ligado repetidamente, perguntando quais eram seus planos, cismando que você foi sequestrada no Soweto..."

Eu ri.

"O que tem de engraçado nisso, mana Thandi?"

"O engraçado é que meu marido nasceu e cresceu no Soweto, e agora que vive num subúrbio rico, de repente começa a achar que o Soweto não é um lugar seguro. Se isso não é uma atitude de 'agora-moro-num-bairro-chique', então eu não sei o que é." E voltei a rir.

Ela ergueu uma sobrancelha e disse: "Não quero me meter nos seus assuntos, mana T., mas você brigou com o Mandla?"

Respondi: "você está certa, é melhor não se meter nisso. Agora, podemos voltar ao trabalho do dia?"

Ela entendeu o recado, mas ainda me olhava. "O que foi?" perguntei.

"Nada. É só que... Se me permite, você parece mais relaxada do que nos últimos meses. E esse terninho fica muito bem em você!"

"O quê, essa coisa velha?". Sorri. "Estou bonita, não estou? Obrigada." Me lancei ao trabalho do dia, começando, como de costume, por verificar se havia correspondência urgente. Veja só, doze — bem contados — doze e-mails enviados pelo Mandla do meu endereço eletrônico de casa. Abri o último. Dizia: "Thandi, por favor, se vir este e-mail, liga para casa. Seu telefone está desligado. Suas amigas não sabem onde você está, nem a Lizwe ou a Njeri. Não consigo te encontrar, não sei o que dizer ao menino."

É mesmo típico do Mandla, sempre usando o menino para fortalecer seus argumentos, aproveitando-se dos meus instintos maternais. Como é que respondo a isso? Apertei "deletar" em todos eles. No entanto, liguei imediatamente para casa, para garantir ao Hintsa que eu estava bem. O homenzinho já tinha ido para a escola, mas a Marita iria lhe dar o recado quando ele chegasse em casa.

Enquanto ainda estava vendo mensagens, a porta do meu escritório abriu e, antes que a minha assistente pudesse anunciar o visitante, ele entrou se pavoneando como se fosse dono de tudo o que pisava. Muito dominante. Muito sexy. Eu ainda não confiava no filho da mãe.

O Mandla só esperou que a porta se fechasse para me bombardear com uma série de perguntas. No entanto, antes de começar, vi o alívio escrito em seu rosto, e juro que nunca o tinha amado tanto quanto naquele instante. O alívio foi rapidamente substituído por cólera, à qual eu respondi com uma calma enervante. Acho que isso o perturbou ainda mais.

"Onde você esteve?", gaguejou ele.

"Nas Cataratas Vitória."

"O que você foi fazer nas Cataratas Vitória?"

"Agora está me controlando?". Deixei que um sorriso dúbio brincasse nos meus lábios. "Eu precisava de um pouco de espaço."

Vi a mente do Mandla processando a informação. Ele começava a entender. Ah... Então isso era vingança? O prato foi servido tão frio que sua mente não tinha registrado de imediato. Me dei uns bons pontos, porque teve muito mais impacto agora do que se eu tivesse me vingado logo após a transgressão dele.

"Por que você não ligou? Se não para mim, pelo menos para alguma amiga, avisando dos seus planos?", perguntou ele, começando a se acalmar.

Dã! A intenção era que ele ficasse preocupado e zangado, assim como eu fiquei — uma tentativa de fazê-lo entender os sentimentos da esposa por meio da empatia. E, eu esperava, garantir que não houvesse repetição do ocorrido. No entanto, eu sabia que nunca, nem em um milhão de anos, ele adivinharia o que eu tinha feito. Meu marido era desconcertantemente confiante de quão extraordinário ele era e de quanto eu o amava. Contudo, eu venci aquele *round*; ele tinha ligado para minhas amigas e para minha assistente pessoal, enquanto eu, quando ele desapareceu no fim de semana do meu aniversário, não liguei para ninguém.

Ele mudou de tática. "Você sabe que a Marita está de folga nos fins de semana, com quem você pensou que nosso filho iria ficar? Quem iria cozinhar para ele?" Ele estava se arriscando de novo. Visualizei assim: meu marido era o Titanic, e eu, um iceberg. Estava prestes a afundá-lo.

"O pai dele não trabalha aos fins de semana, não é deficiente e é um cozinheiro muito capaz", repliquei.

"Com quem você estava?"

Ele suspeitaria de algo? "Já te disse que precisava de espaço, o que quer dizer que eu estava sozinha, o que você acha?", respondi, olhando-o diretamente nos olhos. E, claro, o golpe de misericórdia: o ataque como melhor defesa. "Eu te perguntei com quem você passou o tempo quando foi embora no fim de semana do meu aniversário?" Minha voz estava mortalmente calma. "Eu teria sabido, se não fosse pelo nosso filho? Fui eu quem traiu o cônjuge? Como você se atreve? Sabe qual é o seu problema, Mandla? Seu problema é achar que é meu dono. Com todo respeito, o seu dote não foi grande coisa, e se você continuar me tratando como sua propriedade, saiba que meu pai não teria problemas em te devolver o dote — talvez você consiga arranjar uma moça rural que ature suas merdas, ou pode ir para a sua Norma."

"Por que você sempre traz à tona essas coisas antigas, Thandi? Eu já pedi desculpas por tudo isso, não pedi? Não pode deixar para trás?"

"Coisas antigas para quem, Mandla? E por que você acha que pedir desculpas transforma tudo em um mar de rosas? Sabe o que mais? Você simplesmente não entende. Oito anos juntos e você não entende, Mandla. Talvez não devêssemos continuar casados."

Ele andava de um lado para o outro, como um animal enjaulado, mas essas palavras o fizeram parar. Ele começou a tentar me apaziguar. "Você tem razão, querida, eu não entendo, mas, amor... Eu estava só preocupado. Agora sei que você fez isso porque estava chateada por causa do seu aniversário. Sei que, às vezes, eu te desiludo quando não priorizo nossa relação. Desculpa. Olha, por que a gente não enterra isso e tenta se tratar melhor, um ao outro?"

Eu devo ter parecido bem cética, porque ele acrescentou rapidamente: "para te mostrar que falo sério sobre tentarmos fazer isso dar certo, que tal almoçarmos hoje no Kwa-Tabeng e a gente pode continuar a conversar, se precisar?"

"Não, eu acho que não seria uma boa ideia", respondi, gélida. "Vamos nos encontrar em casa e podemos conversar, porque, querido, precisamos *mesmo* falar."

Vi a expressão de rendição que cobriu o rosto dele. Era a mesma expressão que o Adão bíblico provavelmente teve quando Eva disse "precisamos conversar", logo depois de ele culpá-la por lhe dar o fruto proibido.

"Tudo bem", disse o Mandla, saindo com os ombros caídos. Ele sabia que a cena não seria bonita.

Pouco depois da partida do Mandla, recebi uma mensagem do meu pai. "Dizem que você desapareceu neste fim de semana. O que está aprontando?" Respondi rapidamente. "Quem te contou isso?"

O duplo bip me indicou que ele tinha respondido. "Filha. Sou jornalista de formação. Nunca revelo minhas fontes. Já vou te ligar."

Ele ligou e, sem qualquer preâmbulo, foi direto ao assunto. "Então, vai contar pro seu velho o que andou fazendo?"

Disse que tinha ido às Cataratas de Vitória. "O Mandla e eu tivemos uma discussão, e eu precisava de espaço e tempo para pensar", expliquei. Embora o que eu tinha feito fosse impensável.

"Vai me dizer que finalmente vai se divorciar daquele doutor metido a besta?", perguntou, rindo.

"Pai! O Mandla e eu não estamos nos divorciando, mas estamos combinando uma separação porque eu preciso pensar", falei, e pela primeira vez verbalizei realmente aquilo que planejava fazer.

Então meu pai se enfureceu e perguntou o que o desgraçado tinha feito, ameaçando vir a Joanesburgo meter uma bala nas partes baixas dele. Acalmei-o, dizendo que estávamos simplesmente nos afastando. Eu amava o Mandla, então não fazia sentido contar ao meu pai que ele tinha me traído. Deixei que ele pensasse que era eu quem estava sendo estranha com relação à nossa relação.

Agora que sabia o que planejava fazer, percebi que iria alterar irrevogavelmente as vidas daqueles que me eram mais próximos e queridos. Passei o dia como uma morta-viva, me perguntando constantemente onde tudo tinha dado errado. Parecia que tudo era tão perfeito!

Depois do trabalho, fiquei feliz por voltar para casa e ver a Marita e meu filho. Ele ficou igualmente feliz, me contando que sentiu saudades e que ele e o pai sentiram minha falta no cinema. Apesar de eu não ter sentido falta dele, com toda a atividade em que estive envolvida durante o fim de semana, eu valorizei o fato de que ele sentiu minha falta. Em alguns anos ele seria um adolescente e não veria a hora de eu sair em viagens de negócios para poder trazer moças (ou, quem sabe, rapazes) aqui para casa. Aonde você foi?" Perguntou.

"Fui às Cataratas Vitória para uma reunião", menti. E depois menti de novo: "acho que seu pai deve ter esquecido, porque eu disse isso pra ele na semana passada." Claro que me senti um pouco mal por usar o pai dele como desculpa. "Então, o que você trouxe para mim?" Ele perguntou.

"Olha na minha pasta. Tenho coisas para você e para os meninos da tia Lauren. Pode entregar os carrinhos a eles?"

Trouxe aqueles carrinhos de arame para ele e para as crianças da Lauren, que todos os meninos sabem fazer, exceto as crianças dos bairros ricos, e que os empreendedores vendem aos turistas ingênuos a preços exorbitantes nas Cataratas de Vitória. Logo fui esquecida, e ele correu para a casa ao lado para brincar na calçada.

Minutos depois, a matrona da minha vizinha entrou em casa, me sorrindo de orelha a orelha, como se a Princesa Diana tivesse voltado do túmulo. "E por onde você andou?" Perguntou a Lauren, me esmagando em um enorme abraço. Ela contou que o Mandla tinha infernizado a vida dela e da Siz, ligando para tentar me localizar.

"Amiga, no tempo certo te contarei tudo, mas primeiro, como está o Zunaid?" Eu queria desviar a atenção e sabia que não havia nada que Lauren gostasse mais do que falar sobre Zunaid.

"Na mesma, na mesma. Só adicionei uma palavra nova no meu dicionário de Inglês da Universidade Wits baseada no Zunaid e nos truques dele", respondeu com um piscar de olho lascivo.

"Conta, conta! Você sabe que estou sempre ansiosa por conhecimento", eu ri. "Pronta? A palavra é *Yosexício*, significa 'exercício sexual através do yoga'."

"Avante, sensei!" Depois fiquei séria. "Olha, o Hintsa pode ficar um pouco na sua casa? O Mandla deve chegar a qualquer momento e eu... Precisamos conversar."

Lauren pareceu preocupada. "Está tudo bem?"

Então aconteceu. Desabei a chorar e contei tudo a ela. A infidelidade do Mandla, minha escapada nas Cataratas de Vitória. Sentamos no sofá da minha sala, com ela me abraçando e dizendo que tudo ficaria bem. Lá se foi minha pose de durona. Ali estava Lauren, acariciando meu afro como se eu fosse um dos filhos dela, enquanto eu encharcava a blusa dela com minhas lágrimas. "Eu achei que me sentiria muito melhor depois da minha escapada, e me senti até agora... Mas, Lauren, como pude descer ao nível dele? Eu não posso continuar com ele."

A Lauren me acalmava, dizendo alguma coisa sobre não fazer nada precipitado, quando o Mandla entrou. Sabendo que eu precisava de algum tempo a sós com o meu marido, ela se levantou para sair. "Estarei aqui ao lado, se precisar de alguma coisa", afirmou, respondendo ao cumprimento do Mandla com um olhar fulminante. Ao ver aquilo, o Mandla percebeu que estava em apuros. Ele jogou a mala no chão antes de se sentar no sofá à minha frente.

"Tudo bem, vamos conversar."

E eu disse tudo. Contei como me senti traída. Como ele quebrou a confiança entre nós. Contei que fui às Cataratas de Vitória em busca de vingança e que a encontrei.

Aquilo prendeu sua atenção, e seu ar de humildade se transformou subitamente em cólera. "Vo-vo-cê o quê?"

"Pensei que me sentiria melhor em relação à sua traição se eu fizesse o mesmo. Mas não me sinto. Não consigo confiar em você, Mandla, e acho que deveríamos nos separar por um tempo, para entendermos se queremos as mesmas coisas desta relação..."

O Mandla não me deixou terminar: "você fez a mesma coisa que me acusou de fazer e agora..."

"Olha. Agora eu sei que dois erros não fazem um acerto. Mas está feito. Não posso mais ficar com você, Mandla. Agora, ou eu vou para um hotel com o Hintsa, ou vai você, mas não fico nem mais um dia debaixo do mesmo teto que o homem que me traiu e traiu o nosso casamento", disse eu, com uma determinação firme na voz.

"Tudo bem", gritou ele, e depois, mais suavemente: "Tudo bem. Eu vou e você pode levar o tempo que quiser para pensar. Volto no fim de semana para buscar o Hintsa, se você concordar." Ele foi para o quarto fazer as malas.

Esperei sentir uma sensação de vitória, de alívio, mas ela não veio. Será que eu estava fazendo a coisa certa?

Liguei para a Lauren e pedi para ela dizer ao Hintsa para voltar para casa. Mesmo antes de o Mandla sair, nós dois nos sentamos com o garoto. Podíamos sentir uma tempestade de emoções em relação um ao outro, mas ambos sabíamos que amávamos nosso filho e que devíamos protegê-lo da dor que estávamos prestes a causar.

"Escuta, homenzinho", disse o Mandla, com lágrimas nos olhos, puxando-o para si e colocando-o em seu colo. "O papai e a mamãe estão tendo algumas dificuldades no momento, e o papai vai passar um tempo com o tio Chukwu. Você vai ser o homem da casa enquanto eu estiver fora e vai cuidar da mamãe, está bem?"

E lá ia o Mandla, acampar com seu parceiro de crime, mas eu não estava em posição de dizer com quem ele podia ou não ficar. Afinal de contas, era eu a responsável pela sua partida iminente.

O garoto sacudiu a cabeça, soluçando e me olhando com ar acusador. "Você e o papai vão se divorciar?", perguntou.

Foda. Talvez essa separação não fosse mesmo uma boa ideia. Talvez devesse ter enfrentado as consequências e deixado o Mandla ficar em casa enquanto tentávamos restaurar a confiança. "Não, querido", disse eu, levantando-me para abraçá-lo onde ele estava sentado, com o nosso filho no colo. Mandla colocou os braços ao meu redor, e aquilo se transformou em um abraço coletivo e, para mim, o primeiro momento de verdadeira e sincera intimidade com o meu marido em muito tempo. A ironia é que isso acontecia agora, quando ele estava prestes a partir.

Todos choramos baixinho até que o Mandla cortou abruptamente o contato comigo, pegou o Hintsa no colo e, enquanto esfregava a cabeça do garoto, disse bruscamente: "Te vejo no sábado de manhã e podemos fazer coisas legais juntos, combinado, campeão?"

O pequeno se agarrou à perna do pai, e foi preciso que nós dois fizéssemos um esforço para separá-lo.

E então, com a mala na mão, o Mandla saiu para a escuridão.

Epílogo

Eu amo a minha vida.

Amo o Hintsa, meu filho de seis anos.

Não posso viver sem a Marita, minha empregada branca, confiável e genuína.

Preciso das minhas amigas malucas, Siz e Lauren, para me manter sã. E sinto falta do amor da minha vida, o homem de quem estou separada: Mandla.

Estou aqui sentada, digitando, enquanto espero que as meninas cheguem para uma manhã de descontração — fiz uma mousse de chocolate para acompanhar o espumante.

Meu filho, uma verdadeira criança do século 21, não parece muito afetado pela separação. Parece que a maioria dos colegas de turma vive em lares com apenas um dos pais, então ele não se sente diferente deles.

Quando o Mandla saiu de casa, foi morar com o Chukwu. Depois, alugou um apartamento de dois quartos por seis meses. No ponto em que estamos, só falta mais um mês de contrato. Considero isso um sinal de que talvez ele queira encontrar uma solução.

Nosso relacionamento, que já foi tão tenso, agora é confortável. Às sextas-feiras, ele vem buscar o Hintsa para passarem juntos o fim de semana, e todos os dias vai buscá-lo na escola e trazê-lo de volta para cá. Ontem, quando veio pegar o Hintsa, olhou para mim como um homem que olha para uma mulher.

"Você está bonita, amor", disse ele. Não me chamava assim desde que foi embora.

"Obrigada, você também não está com má aparência. Está pegando mais leve na cerveja?", perguntei, notando que a barriga havia diminuído.

Ele riu e depois ficou sério. "Tem uma coisa que eu quero dizer."

"Claro, o que é?"

"Thandi, você é uma mulher incrível e foi realmente uma boa esposa e mãe. Quando fui embora, eu estava com raiva por causa do que você fez nas Cataratas de Vitória, mas tenho pensado nisso e sei que fui hipócrita da minha parte. Não digo que o que você fez foi certo, mas eu fiz besteira primeiro, e isso foi imperdoável."

Fiquei surpresa. Era a última coisa que esperava ouvir dele.

"Mandla", respondi, "eu lamento ter percebido tarde demais que dois erros não fazem um acerto." Depois, sendo a Thandi que nunca quer perder uma oportunidade, perguntei: "É tarde demais?"

Ele não respondeu, mas sorriu para mim e saiu de casa com o Hintsa.

Eu continuo vivendo com esperança.

Glossário

Bhuti irmão

Braai churrasco

Cafre termo ofensivo para "negro" na África Austral

COSATU *Congress of South African Trade Unions*, Congresso dos Sindicatos Sul-Africanos, central sindical sul-africana

Eish exclamação que indica surpresa, simpatia ou irritação

Eish mntanami *eish*, minha criança

Eksi vizinhança

Haa usile mhan. Nawe Uyazi Kuthi não seja tola. Até você sabe…

Haibo não!

Hawu olá!

Hayi nix nada

Hlonipha respeito

Ibabalasi kuphel é só uma ressaca

Ja ndiyazi sim, eu sei

Jissus Jesus (africâner)

Korobela enfeitiçar através da comida (para conquistar o afeto da pessoa amada)

Loxion gueto, favela

Makhulu avó

Malumes tios

Mamgobozi fofoca

MaPertunia, ndiyacela uchel'i umntwana lo Mãe da Pertunia, por favor diz a esta criança…

Mawee mãe

Meisies moças, senhoras (africâner)

Mntamani minha criança

Mos Não é? (africâner)

Ndiyacela eu te imploro

Ndiyadlala brincar, fazer piada

Ndiyaxolisa me desculpe, perdão

Nogal ainda por cima (africâner)

Nomakjani Não importa o quê

Ouk Homem (africâner)

Piccanin Baas "Piccanin" vem do português "pequenino" é uma expressão pejorativa para crianças negras; "baas" vem do africâner e quer dizer "patrão" ou "dono".

Plaasmeisie camponesa, caipira (africâner)

Muhlale quatro quatro Tem que lotar com 4 passageiros

S'right s'thando Estamos bem, amor?

Sis'wam minha irmã

S'thando sami meu amor

Stukkend muito

Tata pai

Thixo céus!

Tsho expressão de surpresa

Umaole minha mãe, minha velha

Umkhonto we sizwe ala militar do Congresso Nacional Africano, movimento contra o apartheid, também conhecida por MK. Literalmente, "Lança da nação"

Uyandisokolisa [UNosizwe] problemas [de Nosizwe]

*Uyazi kuthi uSiz uyadlala naw*e A Siz está só brincando...

Uzaziyenzi uclevah está se achando esperto?

Wena mfana você, rapaz

Yini manje o que foi agora?

Yini manje squeeza? o que foi agora, cunhada/nora?

Yua uyazini sabe o que mais?

Zol maconha, cigarro de maconha

Notas

1 Ilha Robben, presídio para opositores do apartheid, onde Nelson Mandela e dois outros futuros presidentes da África do Sul foram encarcerados.

2 *Black Economic Empowerment*, política de aumento da participação dos negros na economia sul-africana, implementada a partir de 2004, com o fim do apartheid.

3 *National Economic Development and Labour Council*, órgão do governo e sociedade sul-africano para o desenvolvimento sócio-econômico.

4 Robert Mugabe, ditador do Zimbabwe, promoveu a transferência das fazendas dos brancos para os nativos provocando o colapso da economia nacional.

5 "Thandi " em xhosa significa "nutrir o amor".

6 Coissã ou khoekhoe são povos indígenas da Áfricas austral, distintos dos zulus, xhosas e bantus, anteriormente chamados pelos europeus como "bosquímanos" ou "hotentotes".

7 *Jim comes to Jo'burg*, também conhecido como *African Jim*, filme sul-africano de 1949 sobre um homem que deixa sua tribo para tentar a sorte em Joanesburgo e torna-se cantor de jazz.

8 "Modelo C" eram os colégios exclusivos para os brancos, durante o apartheid e que depois foram destinados à elite negra.

9 16 de dezembro, feriado em comemoração ao fim do apartheid e celebração da união nacional.

A primeira edição em português foi publicada pela
Kacimbo em Angola e pela *Ethale* em Moçambique,
com tradução de José Sá, adaptação final de Déborah Cardoso Ribas
e revisão de Madalena Leitão, Jessemusse Cacinda e Augusto Tsamba

Edição e capa Julio Silveiro

Dados Internacionais de Catalogação na Publicação (CIP)
(Câmara Brasileira do Livro, SP, Brasil)

Wanner, Zukiswa
Madames / Zukiswa Wanner. — 1ª edição —
Rio de Janeiro, RJ : Livros de Criação : Ímã editorial.
2024.
248 p; 21 cm.

ISBN 978-65-86419-39-9

1. Romance sul-africano. I. Título

24-231652 CDD 823

Índices para catálogo sistemático:
1. Romances : Literatura sul-africana 823
Aline Graziele Benitez — Bibliotecária — CRB-1/3129

Ímã Editorial | Livros de Criação
www.imaeditorial.com.br